Leb wohl Mellie

Timeflyer-Trilogie Teil III

Roman

Herstellung und Verlag:
BoD – Books on Demand, Norderstedt
ISBN: 9783754360033

Copyright 2021
by Doris Bühler

Cover: Tom Jay
Fotos:
(c) tuja66 / Depositphotos.com
(c) Standret / Shutterstock.com

Nur wenige Forscher besitzen die Kühnheit, sich
mit Dingen zu beschäftigen, die massiv gegen
die politische Korrektheit der Physikerzunft verstoßen.
Stephen Hawking

Prolog

Sie war gerade aus der Stadt zurückgekommen und hatte sich eigentlich eine Weile hinlegen wollen, weil ihr das Knie wehtat, - als das Telefon läutete.

Sie nahm den Hörer ab. „Karin Wieland." Aber niemand meldete sich. Außer verschiedener merkwürdiger Geräusche war nichts zu hören.

„Hallo, wer ist denn da?"

Keine Antwort. Doch die Geräusche klangen nun wie ein Glucksen. So, als ob jemand das Lachen nicht mehr zurückhalten konnte, - oder aber auch ein Schluchzen. „Karin!"

Sie glaubte, die Stimme ihres jungen Nachbarn aus dem Nebenhaus zu erkennen. „Linus, bist du's?"

„Karin!"

Ja, das mußte Linus sein. Zweifellos. „Was ist denn los? Ist was passiert?"

„Ja. Es ist etwas ganz Schreckliches passiert." Seine Stimme zitterte, sie klang verzerrt, - zumindest kam es ihr so vor.

„Sag mir, was los ist, Linus. Was ist denn passiert?“

„Ich hab sie so liebgehabt. Jetzt ist sie tot, und ich bin schuld daran.“

„Wer ist tot?"

„Oh mein Gott, warum nur! Ich bin der unglücklichste Mensch auf der Welt."

„Von wem sprichst du denn?"

„Ich bin jetzt auf dem Weg nach Hause.“

Sie wußte nicht, was sie dazu sagen sollte, doch wenn er auf dem Weg nach Hause war...

„Gut, Linus, dann warte ich, bis du hier bist. Dann kannst du mir alles erzählen. In Ordnung?"

„Ja."

Sie horchte noch eine Weile in den Hörer hinein, doch dann kam nur noch das Besetztzeichen, und sie legte auf.

Eine Stunde später sah sie ihn auf der Terrasse hinter dem Haus, er reparierte den Gartenstuhl, von dem die Armlehne abgebrochen war.

„Ist alles wieder in Ordnung, Linus?", fragte sie, als sie durch das Türchen in der Hecke rüber zu ihm in den Garten ging. „Was war denn los?"

Er schaute auf. „Ach, hallo Karin. Jetzt hab ich endlich mal den Dreh gekriegt und mich über den Stuhl hergemacht." Er lachte. „Wenn ich's jetzt nicht mache, wird's dieses Jahr nichts mehr."

Karin hielt erstaunt inne. „Wo bist du denn gewesen?"

„Wo ich gewesen bin?" fragte er verwundert. „Wo soll ich denn gewesen sein? Hier! Ich war heute den ganzen Tag noch nicht weg."

„Hast du nicht vorhin bei mir angerufen?"

Er richtete sich auf und streckte sich. „Ich? Nein. Ich werkle schon die ganze Zeit über an diesem Stuhl herum."

„Da hat jemand angerufen, der hörte sich genauso an, wie du."

„Na sowas!" Er lachte wieder. „Was hat er denn gewollt?"

Sie schüttelte den Kopf. „Du, das war gar nicht lustig. Er war ganz verzweifelt und unglücklich. Er sprach davon, dass jemand tot sei."

„Wie du siehst, kann ich es nicht gewesen sein."

„Aber er klang wie du. Und er reagierte auch darauf, als ich ihn Linus nannte."

„Da wollte sich bestimmt nur jemand einen Spaß mit dir erlauben"

Erneut schüttelte sie den Kopf. „Er sagte, er käme jetzt nach Hause, und dann wollte er mir alles erzählen."

Er hob die Schultern. „Dann warte halt, bis er da ist, der Jemand, dann wird sich alles klären."

Es ärgerte sie ein bisschen, dass er sie nicht ernst nahm. Doch sie konnte ihn auch verstehen. Wenn er es nicht gewesen war, dann war die Sache für ihn erledigt.

„Hast du Lust auf einen Kaffee?" fragte sie ihn, obwohl ihr immer noch das Telefonat durch den Kopf ging.

„Klar, immer. Aber eine Viertelstunde dauert es noch, bis ich mir sicher sein kann, dass die Armlehne jetzt hält."

„Gut, dann komm rüber, sobald du fertig bist."

„Mach ich. Bis dann!"

„Bis dann", antwortete sie und ging durch das Gartentürchen wieder zurück. Doch irgendetwas lastete ihr auf der Seele. Sie hätte nicht sagen können, was es war.

1.

Der Timeflyer

Karlsruhe hatte sich verändert. Obwohl sich die Innenstadt von Jahr zu Jahr moderner und attraktiver zeigte, gab es doch auch vieles, was in der Vergangenheit schöner und interessanter gewesen war. Schon wenn man mit dem Zug ankam, mußte man feststellen, dass der Hauptbahnhof ein wenig von seinem alten Flair eingebüßt hatte. Die Rolltreppen vor dem Eingang gab es nicht mehr, sie hatten in eine Halle unter der Erde geführt, von wo aus man in alle Richtungen die Stufen zu den einzelnen Tram-Haltestellen hinaufsteigen konnte. Inzwischen war es einfacher. Vor den Toren des Bahnhofs erreichte man die Bahnsteige der einzelnen Straßenbahnen direkt und auf geradem Wege.

Karin Wieland kam regelmäßig jedes Jahr mindestens einmal nach Karlsruhe, doch nicht, um die neue City zu besuchen, zu shoppen oder die neu entstandenen Einrichtungen und Institutionen kennenzulernen, sie kam nach Karlruhe, um hier ihren Urlaub zu verbringen. Urlaub auf eine ganz besondere Art, indem sie sich das Flair des alten Bahnhofs zurückholte, mit der Rolltreppe hinunter in die kleine Halle unter dem Bahnhofsvorplatz fuhr und dann zu der Haltestelle einer der Straßenbahnen hinaufstieg, die sie in die Kaiserstraße brachte.

In die Kaiserstraße der 80er Jahre. Sie war der einzige Mensch, der das bewerkstelligen konnte, und das, weil sie etwas an ihrem Handgelenk trug, das zwar aussah wie eine gewöhnliche, vielleicht ein wenig größere Uhr, das aber dennoch keine war: den *Timeflyer*.

Da gab es die kleine Pension in der Leopoldstraße, in der sie gewöhnlich wohnte, wenn sie sich in Karlsruhe aufhielt, um von dort aus ihre kleinen Ausflüge zu koordinieren.

Dieses Mal machte sie sich auf den Weg zum *Kentucky*, traute sich sogar, nicht nur *vor* dem Bistro auf *ihn* zu warten, sondern nach langer Zeit wieder einmal hineinzugehen. Sie wußte, *er* würde erst später kommen, - *er*, um dessentwillen sie die Reisen nach Karlsuhe immer wieder auf sich nahm: Karlheinz Schwarzkopf, der Mann, mit dem sie einst durch die ganz große Liebe verbunden gewesen war, und dem noch immer ihr Herz gehörte.

Einige seiner Freunde waren schon da, sie hatten die kleinen viereckigen Tische zu einer langen Reihe zusammengeschoben, und lachend und schwatzend erzählten sie sich, was sie an Neuigkeiten erfahren hatten.

Karin fühlte sich ein wenig fehl am Platze, da sie vom Alter her längst nicht mehr zu den jungen Gästen passte. Aus diesem Grund hatte sie sich in den äußersten Winkel der Gaststube zurückgezogen, konnte von dort aus jedoch den Eingang gut im Auge behalten.

Und dann kam er plötzlich zur Tür herein: Unverwechselbar ihr Kalle, so wie sie ihn kannte. Er trug eine verwaschene Jeans und die obligatorische nietenbestückte Weste zu einem dunkelblauen Hemd, an dem er die Ärmel aufgekrempelt hatte. Mit lautem Hallo wurde er von seinen Freunden begrüßt, - inzwischen waren es fast zehn der jungen Leute, die sich an der langen Tischreihe niedergelassen hatten.

Karins Herz schlug zum Zerspringen, während sie den Blick nicht von ihm wenden konnte. Oh, wie sie dieses Lachen liebte, die Bewegung, mit der er sich durch das braune Haar fuhr.

Niemand nahm von ihr Notiz, obwohl sie für diesen jungen Mann einmal die größte Rolle seines Lebens gespielt hatte. Doch das war lange her. Der *Timeflyer* konnte vieles. Er konnte jemanden in jede erdenkliche Zeit transportieren, doch eines konnte er nicht: Er konnte nicht das Alter seines Trägers beeinflussen. Und wenn man, wie Karin Wieland, die sechzig überschritten hatte, dann konnte selbst der Timeflyer die glücklichen Jahre der Jugend nicht zurückbringen.

Schon oft hatte sie darüber nachgedacht, wie es mit dieser kleinen Zeitmaschine weitergehen sollte, wenn sie eines Tages nicht mehr da war. An wen sollte sie sie weitergeben? Oder sollte sie sie vernichten? War sie denn nicht schon so oft in die Vergangenheit gereist, um ihren Kalle wiederzusehen, dass es nun genug war? - Nein, es würde niemals genug sein, sie würde sich immer und immer wieder danach sehnen, ihm zu begegnen. Und dennoch...

Einst hatte sie sogar daran gedacht, nach Hamburg zu fahren, um sich ein Ticket für den Flug nach Tokio zu besorgen, für den Flug, der für ihn der letzte gewesen war. Dann würde sie mit ihm zusammen sterben, und damit wäre auch das Ende des *Timeflyers* besiegelt. Aber sie hatte Angst davor. Nicht Angst vor dem Sterben, sondern davor, ihren Kalle sterben zu sehen.

Doch irgendetwas mußte ihr einfallen, wollte sie den *Timeflyer* nicht einem ihr völlig fremden Menschen überlassen, der ihn nicht verstand und nicht ahnte, welches kleine Wunderwerk er darstellte. Ihr kam Bernd Michaelis in den Sinn, dem sie einmal gezeigt hatte, wie er funktionierte, - leichtsinnigerweise, wie sie manchmal dachte, denn auch er schien das ganze Ausmaß seiner Möglichkeiten nicht begriffen zu haben.

Zärtlich strich ihre Hand über das runde Zifferblatt des kleinen Gerätes, das sie an einem ganz gewöhnlichen Lederarmband an ihrem Handgelenk trug. Vielleicht sollte sie es in die Zukunft schicken, wenn sie einmal merken würde, dass es mit ihr zu Ende ging, dachte sie. Weit in die Zukunft, ohne die Möglichkeit einer Rückkehr. In eine Zukunft, wo er vielleicht nicht mehr der einzige seiner Art war und die Menschen inzwischen gelernt hatten, sinnvoll damit umzugehen.

Doch würde es eine solche Zeit jemals geben?

Karin Wieland merkte nicht, wie ihr die ersten Tränen über die Wangen liefen, das wurde ihr erst bewußt, als sie die Gruppe der jungen Gäste im *Kentucky* auf einmal nur noch wie durch einen Schleier wahrnahm. Es war Zeit zu gehen. Sie legte das Geld für ihre Cola, das sie bereitgehalten hatte, auf den Tisch und stand auf.

Auf dem Weg zum Ausgang mußte sie die lange Tischreihe passieren, und gerade in dem Augenblick, als sie an Kalle vorüberging, schob er, ohne sie zu bemerken, seinen Stuhl mit einem übermütigem Lachen so heftig zurück, dass er mit ihr zusammenstieß. Sie wankte ein wenig, hielt sich an der Lehne eines anderen Stuhles fest. Erschrocken standen sie sich dann gegenüber, starrten einander an: Der junge Mann, noch mit dem Lachen in den Augen, - die alte Frau mit den Tränen...

„Oh, sorry", sagte er und hob bedauernd die Schultern. „Das wollte ich nicht. Ich hoffe, ich habe Ihnen nicht wehgetan."

Lächelnd schüttelte sie den Kopf. „Aber nein", sagte sie, doch ihr Blick strafte sie lügen. Nein, er hatte ihr nicht wehgetan, doch eine Sekunde lang hatten sich ihre Arme berührt, und diese Berührung hatte ihr Herz bluten lassen.

Wie eine Blinde lief sie dem Ausgang zu, sah kaum mehr, wohin sie ging und erreichte schweratmend und ein wenig taumelnd eine Bank auf dem Leopoldsplatz. Mit zitternden Fingern brachte sie den *Timeflyer* dazu, sie zurück in ihre reale Zeit zu bringen. Und zum soundsovielten Male nahm sie sich vor, in Zukunft endgültig auf ihre Reisen in die Vergangenheit zu verzichten.

Wie jedes Mal, wenn sie aus Karlsruhe zurückkam, fühlte sie sich mehr denn je einsam und allein. In früheren Jahren, als ihre Mutter noch lebte, war *sie* es gewesen, die sie wieder aufgefangen und aufgerichtet hatte. Obwohl sie nie miteinander darüber gesprochen hatten, wußte Karin, dass sie geahnt hatte, warum sie ihr Leben lang allein geblieben war.

Früher hatte es ja auch noch ihren Posten im Friedrich-Bott-Institut gegeben, - ein durchaus wichtiger Posten im Hinblick auf ihre Zusammenarbeit mit Dr. Weißgerber und Prof. Riechling, den beiden Konstrukteuren des *Timeflyers*. Allerdings hatte die Leitung der Einrichtung nie von den geheimen Versuchen der beiden Physiker erfahren, bei denen sie von der ersten Stunde an zuerst als Zeugin, später als Testperson agiert hatte. Auch im Nachhinein nicht, in all den Jahren, in denen sie nach Dr. Weißgerbers Tod noch immer für das Institut tätig war. Seit sie es als Rentnerin verlassen hatte, gab es nichts mehr in ihrem Leben, was ihr mehr bedeutete, als die Ausflüge nach Karlsruhe in die Vergangenheit. Doch ihre Gesundheit war inzwischen angeschlagen, ihre Knochen und Gelenke schmerzten, sie litt ein wenig unter Atemnot, und manches Mal schon hatte sie befürchtet, ihr Herz könnte der körperlichen und seelischen Belastung während einer ihrer Zeitreisen nicht mehr gewachsen sein.

In ihrer realen Welt gab es nicht mehr viele Menschen, die ihr etwas bedeuteten. Neben Bernd Michaelis, der sie noch manchmal mit seiner Familie besuchte, gab es nun nur Linus Wagner, einen jungen Mann, der vor drei Jahren mit seinen Großeltern im Nebenhaus eingezogen war und sich aus unerklärlichen Gründen zu ihr hingezogen fühlte. Und auch sie mochte ihn. Da gab es etwas, das sie miteinander verband, was schwer zu beschreiben war. Außer einer Art Seelenverwandtschaft war es wohl auch die Einsamkeit, unter der beide litten. Linus hatte nie eine besonders enge

Beziehung zu seinen Großeltern gehabt, und auch Karin hatte keine Familie und keine eigenen Kinder, - obwohl sie eigentlich der Typ Frau war, den sich jedermann als Mutter und später als Großmutter hätte vorstellen können. Das Schicksal hatte jedoch anderes mit ihr vorgehabt, indem es ihr den Mann, den sie über alles geliebt hatte, beizeiten genommen hatte. Wie oft hatte sie von einem gemeinsamen Leben mit Kalle geträumt, vor allem, nachdem sie nach ein paar schweren Jahren endlich zueinander gefunden hatten. Wie oft hatte sie sich vorgestellt, wie es hätte sein können, Kinder mit ihm zu haben. Eine hübsche lebhafte Tochter oder einen klugen aufgeweckten Sohn, wie beispielsweise Bernd Michaelis, mit dem sie jahrelang im Institut zusammengearbeitet hatte. Oder auch wie Linus Wagner, der Junge, der seit dem Tode seiner Großeltern vor einigen Monaten allein im Nebenhaus lebte.

Doch es hatte nicht sein sollen.

2.

Linus

Wie gewöhnlich kam Linus Wagner durch den Garten, wenn er, wie an diesem Vormittag, seiner Nachbarin einen Besuch abstattete. Es war ein schöner warmer Frühlingstag, die Terrassentür ihres Wohnzimmers stand offen.

„Karin!", rief er und klopfte an die Scheibe. Er vermutete sie in der Küche, deshalb wunderte er sich, als ihr „Komm rein!" aus Richtung der Couch kam.

„Karin?"

Sie saß in einer der Sofaecken, die Beine angezogen und ein aufgeschlagenes Buch auf den Knien. Das Buch klappte sie zu, ohne ein Zeichen zwischen die Seiten zu legen, richtete sich auf und tastete mit den Füßen nach ihren Pantoletten. „Komm rein, Linus", wiederholte sie.

Er war ein wenig erschrocken. „Ich wollte dich nicht stören, Karin. Wenn es dir lieber ist, kann ich auch später wiederkommen."

„Nein, nein, jetzt bist du schon mal da. Trinkst du einen Kaffee mit mir?"

Sein Blick fiel auf die Thermoskanne, in der, wie er wußte, fast den ganzen Tag über ihr Lieblingsgetränk für sie bereitstand. „Aber nur, wenn ich wirklich nicht störe."

„Aber nein." Sie lachte. „Geh in die Küche und hol dir

einen Becher, du weißt ja, wo sie stehen."

Zaghaft kam er näher. „Ja gut", meinte er.

Er hatte einen großen braunen Umschlag mitgebracht, den er auf den Tisch legte, bevor er sich auf den Weg in die Küche machte.

„Was ist das?", rief ihm Karin erstaunt nach.

Er lächelte. „Ich werde es dir gleich erklären", antwortete er über die Schulter.

Als er mit einem Becher zurückkam, setzte er sich in den Sessel ihr gegenüber und sah ihr zu, wie sie ihm Kaffee einschenkte. Er dampfte noch.

„Karin, ich verreise morgen", meinte er, nachdem er vorsichtig den ersten Schluck genommen hatte.

Sie war erstaunt. „Du verreist? Wohin denn? Hast du Urlaub? Du hast noch gar nicht erzählt, dass du etwas Derartiges vorhast."

Er hob die Schultern und lächelte, war dann aber gleich darauf wieder ernst. „War mehr so eine spontane Idee."

„Eine spontane Idee?" Sie sah ihn gespannt an, warf dann einen fragenden Blick auf den braunen Umschlag und wartete auf seine Erklärung.

„Ich werde nach Wackenstein fahren."

„Wackenstein? Wo ist denn das? Und was willst du dort?"

Er griff nach dem Umschlag, zog ein Dokument heraus und legte es vor Karin auf den Tisch.

„Dies hier ist meine Geburtsurkunde, und dort steht, dass ich in Wackenstein im St. Georgen-Krankenhaus geboren bin."

Als sie nicht gleich antwortete, fügte er hinzu: „Das St. Georgen ist ein großer Klinikkomplex in der Nähe von Oldenburg. Ich werde dorthin fahren und versuchen, etwas über meine Mutter herauszufinden."

Karin hatte das Schriftstück zur Hand genommen. „Mutter: Gabriele Wagner", las sie, „wohnhaft in Altenstede. Vater unbekannt." Sie schaute Linus an. „Warum hast du das nicht schon längst gemacht? Ich weiß doch, dass du schon seit Jahren versuchst, deine Mutter zu finden oder zumindest etwas über sie zu erfahren."

„Die Großeltern haben mich davon abgehalten. Meine Mutter sei bei meiner Geburt gestorben, hieß es, daraufhin sei ich in ein Kinderheim gekommen, aus dem sie mich irgendwann herausgeholt haben. Ich will wissen, ob es tatsächlich so gewesen ist."

„Und außer den Großeltern gab es keine anderen Verwandten deiner Mutter?"

„Meine Großeltern!" Er winkte ab. „Denen war es doch immer gleichgültig, ob ich etwas über meine Familie herausfinde oder nicht. - Wusstest du eigentlich, dass sie in Wirklichkeit gar nicht meine Großeltern waren? Meine echten Großeltern, meine ich. Sie waren nicht einmal mit mir verwandt."

„Nicht?"

„Nein."

„Wer waren sie dann?"

Er hob die Schultern. „So genau weiß ich das auch nicht. Sie sagten mir, sie seien weitläufig verwandt gewesen mit meinen echten Großeltern, aber ich habe ihnen das nie so recht geglaubt. Wenn es tatsächlich so gewesen wäre, hätten sie viel mehr über meine Familie wissen müssen. Doch im Grunde wussten sie gar nichts."

„Aber wer waren sie dann?" fragte Karin noch einmal.

Und wieder hob er die Schultern. „Ich vermute, sie waren einfach nur ein paar alte Leute, denen man damals Geld dafür geboten hat, wenn sie für mich sorgen. Ich war gerade fünf, als ich zu ihnen kam."

„Und davor?"

„Keine Ahnung, weiter zurück kann ich mich kaum mehr erinnern."

Karin nickte gedankenverloren. „Ich habe mich tatsächlich manchmal gefragt..." Sie brach ihren Satz ab.

„Ja?"

„Ehrlich gesagt, sie haben auf mich nie den Eindruck gemacht, als wären sie liebevolle und besorgte Großeltern für dich gewesen. Sie wirkten so..."

Er nickte. „Ich weiß, was du meinst. Und damit hast du auch recht. Zwar hatte ich bei ihnen immer alles, was ich brauchte, aber mit Liebe haben sie mich nicht gerade überschüttet."

„Warum bis du nicht längst deinen eigenen Weg gegangen? Mit achtzehn hättest du ausziehen können. Jetzt bist du fünfundzwanzig, ein Alter in dem manch einer schon eine eigene Familie hat. Und sogar jetzt lebst du noch immer in ihrem Haus, in ihrer alten Wohnung."

Er lächelte. „Du meinst, wenn ich schon noch hier bin, dann hätte ich inzwischen wenigstens eine Freundin zu mir holen sollen?"

Sie lächelte zurück. „Ja, genau."

Er wurde wieder ernst. „Ich weiß selbst nicht, woran es lag, dass ich es so lange bei ihnen ausgehalten habe. Und dass ich sogar jetzt, nach ihrem Tod noch immer in ihrer Wohnung lebe. Vielleicht war es Bequemlichkeit, vielleicht auch, weil mir die richtige Frau noch nicht über den Weg gelaufen ist." Er seufzte. „Vielleicht hatte ich aber auch tatsächlich Mitleid mit ihnen. Sie waren schon so alt und gebrechlich. Ich habe mich manches Mal gefragt, was sie ohne mich machen würden."

„Nachdem, was du mir gerade erzählt hast, hättest du vielleicht gar nicht so viel Rücksicht auf sie nehmen sollen."

Er nahm erneut einen Schluck Kaffee und nickte dann. „Siehst du, das ist der Unterschied zwischen ihnen und mir. Sie haben wahrscheinlich berechnend gehandelt, als sie zusagten, sich um mich zu kümmern. Aber auch, wenn damals tatsächlich kein Geld im Spiel gewesen sein sollte, dann hatten sie zumindest die Idee im Kopf, dass sie durch mich im Alter versorgt seien. Ich bin anders. Ich hätte gehen können, aber ich habe es einfach nicht übers Herz gebracht, sie im Stich zu lassen."

„Du hast immer gut verdient in deinem Job, und wie ich dich kenne, hast du sie sicher auch finanziell unterstützt... War das nicht genug?" Sie hob abbittend die Hand. „Entschuldige, das geht mich eigentlich nichts an."

Er überhörte ihren Einwand und nickte. „Ja, seit ich selbst verdient habe, habe ich ihnen jeden Monat einen Teil abgegeben. Für sie war das selbstverständlich, als Ausgleich dafür, was sie in all den Jahren für mich getan haben. Versteh mich nicht falsch, es hat mir nie etwas ausgemacht, sie zu unterstützen, aber..."

„...ein bisschen mehr Liebe und Zuneigung hättest du schon erwarten können, stimmt's?"

Er antwortete nicht, starrte nur gedankenverloren in seinen Kaffeebecher.

Karin versuchte, das Thema zu wechseln. „Was hat dich denn so plötzlich dazu bewogen, morgen nach Wackenstein zu fahren und dich in deinem Geburtsort umzusehen?", fragte sie.

Er sah sie lächelnd an. „Nicht plötzlich, ich habe das schon lange im Kopf. Und da mir noch eine Reihe von Urlaubstagen zusteht, dachte ich, ich nutze sie dafür, endlich mal ein bisschen mehr über meine Herkunft herauszubekommen. Mehr, als nur den Namen meiner Mutter. Vielleicht hat sie jemand näher gekannt oder kann sich an sie erinnern. Schon als Kind habe ich mir manchmal vorgestellt, dass sie vielleicht gar nicht gestorben ist, dass mir meine Großeltern, - warum auch immer, - das nur erzählt haben, damit ich endlich aufhöre, nach ihr zu fragen. Wenn ich in Wackenstein nichts herausfinde, werde ich nach Altenstede weiterfahren. Dort hat sie angeblich gewohnt, und vielleicht gibt es dort noch andere, weitläufig Verwandte, die mir etwas über sie sagen können."

Karin nickte. „Ich weiß, wie wichtig dir das ist."

„Ja, das ist mir sehr wichtig. Die Großeltern waren immer sehr streng mit mir, und als ich noch ein Kind war, bestraften sie mich manchmal sehr hart für irgendeine Kleinigkeit, die mir selbst gar nicht so schlimm vorgekommen war. Dann habe ich geweint, mich in eine Ecke zurückgezogen und mir gewünscht, meine Mama käme und würde mich da herausholen..."

Karin schaute ihn voller Mitleid an. Sie mochte diesen *großen Jungen*, wie sie ihn manchmal im Geheimen nannte. Sie mochte sein hübsches schmales Gesicht mit den grauen wachen Augen, die hellbraunen Locken, von denen ihm immer wieder die eine oder andere aberwitzig in die Stirn fiel. Sie mochte es, sich mit ihm zu unterhalten über Themen, die die Welt bewegten, und manchmal machte es ihr sogar Spaß, mit ihm zu streiten, wenn sie anderer Meinung war, als er. Sie mochte ihn, weil er ein wunderbarer junger Mensch war, und weil er genauso war, wie sie sich einen Sohn gewünscht hätte.

„Fährst du mit dem Auto? Oder lieber mit dem Zug?"

Er lachte. „Für meinen alten Opel wäre es zu viel, das würde er nicht mehr problemlos schaffen. Nein, ich fahre mit dem Zug. Zuerst bis Oldenburg, dann geht es mit Bussen weiter. Und notfalls kann ich mir auch dort einen Wagen leihen."

„Ich wünsche dir jedenfalls viel Glück bei deiner Suche, Linus. Vielleicht kannst du mich zwischendurch mal anrufen, wenn du das eine oder andere erfahren hast und darüber reden möchtest. Du weißt, ich bin immer für dich da."

Lächelnd griff er über den Tisch nach ihrer Hand. „Natürlich weiß ich das, Karin. Du bist die beste Nachbarin und Freundin, die man sich wünschen kann."

3.

Altenstede

Ursprünglich hatte Linus vorgehabt, sich als erstes im St. Georgen-Klinikum in Wackenstein umzuhören, ob es dort jemanden gab, der Gabriele eventuell in ihrer schweren Stunde beigestanden hatte. Doch dann verwarf er diesen Plan wieder und beschloss, zunächst direkt nach Altenstede zu fahren.

Der Bus, mit dem er aus Richtung Oldenbug ankam, hielt an der einzigen Station, die es im Dorf gab, und nachdem er ausgestiegen war, setzte er sich zunächst auf die Bank, die, mit einem durchsichtigen Regendach versehen, die Haltestelle ausmachte. Er stellte seine Tasche neben sich und schaute sich um. Das Dorf mochte nicht sehr groß sein, doch die Bewohner schienen großen Wert darauf zu legen, dass Fremde den allerbesten Eindruck von ihrem Heimatort bekamen, denn überall war es sauber und adrett. Vor dem Gasthaus *Zum Krug* auf der gegenüberliegenden Straßenseite standen bunt gefüllte Blumenkübel, und auch in den Vorgärten der niedrigen Klinkerhäuschen, die die Hauptstraße säumten, blühte es in allen Farben.

Linus seufzte tief, ein eigenartiges Gefühl ergriff ihn. Jetzt war er also hier, - in dem Ort, in dem seine Mutter Gabriele aufgewachsen war und bis zu seiner Geburt gelebt hatte. Für ihn war sie hier noch immer gegenwärtig, und wenn er die Augen schloss, glaubte er, sie die Straße entlanggehen oder aus dem Laden neben dem Gasthaus kommen zu sehen, oder mit anderen jungen Frauen lachend und schwatzend den Weg in die kleine Grünanlage einzuschlagen, die er neben dem Laden entdeckt hatte. Dann wieder sah er sie Arm in Arm mit seinem Vater, zärtliche Blicke tauschend oder ab und zu sogar einen Kuss…

Er schluckte. Gab es da aber nicht den Hinweis „*Vater unbekannt*" auf seiner Geburtsurkunde? Das allerdings mußte nicht unbedingt heißen, dass sie seinen Vater tatsächlich nicht gekannt hatte. Und auch nicht, dass sie ihn nicht geliebt hätte. Das bedeutete nur, dass sie nicht wollte, dass man erfuhr, dass er der Vater ihres Kindes war. Und dafür mußte es einen Grund gegeben haben. Wollte sie ihn schützen? Oder wollte sie sich selbst schützen? Hatte er sie verlassen, weil er nicht bereit gewesen war, zu ihr und ihrer Liebe zu stehen? Oder…, war ihr am Ende doch Gewalt angetan worden? - Es gab so viele Fragen. Würde ihm jemand in diesem Dorf helfen können, die Wahrheit herauszufinden?

Linus seufzte noch einmal, stand auf, nahm seine Tasche und überquerte die Straße. Er hatte beschlossen, im Gasthaus gegenüber nach einem Zimmer zu fragen.

Obwohl die Tür alt war und knarrte, war die Gaststube hübscher und moderner, als er erwartet hatte. Eine junge Frau zapfte gerade ein Bier für den einzigen Gast, der allein an einem Tisch am Ende des Lokals saß.

„Ist es möglich, dass ich bei Ihnen ein Zimmer bekomme?", fragte Linus.

Die Frau lächelte. „Natürlich. Wie lange wollen Sie denn bleiben?"

Er hob die Schultern. „Das weiß ich noch nicht." Er zwinkerte. „Es kommt drauf an, wie lange ich brauchen werde, um das Geheimnis zu klären, um dessentwillen ich hergekommen bin."

„Ein Geheimnis?" Sie lachte. Sie sah hübsch aus, wenn sie lachte, fand er, ihm gefielen ihre Grübchen. „Verraten Sie mir, was Sie suchen, vielleicht kann ich Ihnen sogar helfen, die Lösung zu finden."

Er überlegte. Nein, er wollte nicht gleich zuviel von seiner Geschichte preisgeben, deshalb fragte er vorsichtig: „Gibt es hier in der Gegend irgendwo eine Familie Wagner?"

Sie schaute ihn neugierig an. „Hier in Altenstede meinen Sie?"

„Ja."

„Da gibt es tatsächlich eine", sagte sie. „Es gibt den Walter Wagner, er wohnt am Südende. Er ist der Leiter unseres Kirchenchores."

„Wissen Sie, wie alt er ist? Und hat er Kinder?"

„Ich schätze mal er wird zwischen 40 und 50 sein. Und ja, er hat zwei Buben. - Ist er es, den Sie suchen?"

„Und andere Wagners gibt es hier nicht?"

„Nicht, dass ich wüsste. - Doch halt, früher hat es noch einen anderen Zweig einer Wagner-Familie gegeben. Aber ich denke, dass die entweder schon vor Jahren weggezogen oder inzwischen längst gestorben sind. Schauen sie sich doch mal auf dem Friedhof um."

Linus nickte. Das war keine schlechte Idee, fand er. Es wäre zumindest ein Anfang.

„Danke," sagte er. „Sie wissen nicht zufälligerweise die Telefon-Nummer von dem Walter Wagner?"

Sie schüttelte den Kopf. „Nein, aber sicher steht er im Telefonbuch. Ich werde sie Ihnen raussuchen."

„Danke", wiederholte er noch einmal, „und bringen Sie mir auch gleich ein Bier mit, das kann ich jetzt vertragen."

Er setzte sich an einen der Tische am Fenster, von wo aus er auf die Straße hinausschauen konnte.

Ein hübsches Dorf, dachte er, während er die Menschen beobachtete, die am Gasthaus vorüberkamen. Ganz sicher war auch Gabriele eine hübsche junge Frau gewesen, die in dieses Dorf gepasst hatte.

Nachdem sie ihm das Bier gebracht hatte, kam die Bedienung noch einmal zu ihm an den Tisch, setzte sich und legte den Zimmerschlüssel und einen Zettel mit der gesuchten Telefonnummer neben sein Bierglas.

„Da ist mir noch was eingefallen", meinte sie. „Am anderen Ende des Dorfes, am Nordrand, ziemlich weit draußen, gibt es noch das Wagner-Haus. Ich habe keine Ahnung, was es damit auf sich hat, denn es ist alt und verkommen, und man sagt, dass es manchmal darin spuken soll." Sie lachte. „Ich kann auch nicht sagen, wem es inzwischen gehört. Wahrscheinlich niemandem, der vorhat, es wieder herzurichten oder zu renovieren. Aber fragen Sie doch mal den Walter Wagner, vielleicht hat es doch einmal Verwandten von ihm gehört. Eine andere Möglichkeit wäre es, sich bei der Gemeindeverwaltung danach zu erkundigen."

Linus lächelte. „Danke. Vielleicht haben Sie mir mit ihren Hinweisen tatsächlich schon mehr geholfen, als Sie sich vorstellen können."

Sie lächelte zurück. „Das würde mich sehr freuen." Dann stand sie auf, um sich um einen anderen Gast zu kümmern, der inzwischen hereingekommen war.

Linus nahm einen großen Schluck aus seinem Bierglas. Er war zuversichtlich. Wahrscheinlich hätte er schon viel früher herkommen sollen, dachte er, dann hätte er sich nicht jahrelang mit der Frage herumquälen müssen, wer seine Mutter war, ob sie noch lebte und wo sie sich eventuell aufhalten könnte.

Auch Walter Wagner wohnte in einem dieser blumengeschmückten Klinkerhäuschen. Er war ein kleiner untersetzter Mann um die fünfzig. Linus hatte sich nach dem Besuch im Gasthaus auf eine Bank in der kleinen Grünanlage gesetzt, ihn angerufen und ihm erklärt, warum er nach Altenstede gekommen war.

„Und Sie glauben, dass wir miteinander verwandt sein könnten?", fragte der Leiter des Altensteder Kirchenchores. Er war bereit mit Linus zu reden und gab ihm seine Adresse durch.

Obwohl man ihm ein gewisses Maß an Misstrauen anmerkte, als er Linus die Tür öffnete, bat er den fremden Besucher doch herein und stellte ihn seiner Frau vor.

„Das ist der junge Mann, von dem ich dir erzählt habe, Tine. Er ist auch ein Wagner, und er ist hier, weil er auf der Suche nach seinen Vorfahren ist."

Tine Wagner schüttelte Linus die Hand.

„Allerdings…“, fügte Walter hinzu, „…allerdings kann ich mir nicht vorstellen, dass er zu unserem Zweig der Familie gehört, sonst hätten wir längst etwas über ihn erfahren. Normalerweise müsste man in den alten Kirchenbüchern nachsehen, aber das Kellergewölbe, das uns als Archiv dient, war beim letzten Hochwasser total vollgelaufen, und wir wissen immer noch nicht so genau, wie groß der Schaden ist. Es wird seine Zeit dauern, bis wieder alles geordnet werden kann.“

„Geht doch einfach mal zusammen über den Friedhof“, schlug Tine vor, „vielleicht kommen ihm manche Namen bekannt vor…“

Er lächelte und tätschelte den Arm seiner Frau. „Kannst du das nicht übernehmen, Tine? Du kennst dich doch genauso gut aus wie ich und weißt, wer mit uns verwandt ist.“ Und in Richtung Linus fügte er entschuldigend hinzu: „Ich bin nicht mehr gut zu Fuß. Die Knochen machen nicht mehr so richtig mit.“

Tine lachte. „Es sind wohl eher die Gelenke“, meinte sie. „Du gehst viel zu wenig spazieren, dadurch werden sie nicht mehr ausreichend geschmiert. Jeden Weg mit dem Auto fahren und fast den ganzen Tag am Computer sitzen, das kann ihnen ja nicht guttun.“

Walter winkte ab und zog ein Gesicht. „Ich wünschte, es gäbe einmal einen Tag, an dem du nicht an mir herumnörgelst“, sagte er. Dass er seiner Frau jedoch trotzdem einen flüchtigen Kuss auf die Wange drückte und sie darüber lächelte, zeigte, dass er ihr weder böse war noch ihre Ermahnungen ernst nahm.

Tine nickte. „Vielleicht kann er auch mal mit der alten Rahel reden“, wandte sie sich an ihren Mann. „Die ist

fast hundert, und keiner kennt sich mit der Dorfge-
schichte besser aus, als sie."

Walter gefiel die Idee. „Ja, du hast recht. Aber jetzt
geht ihr trotzdem zuerst mal auf den Friedhof, dann
sehen wir weiter."

Kirche und Friedhof von Altenstede waren nicht sehr
groß. Linus vermutete, dass die meisten Einwohner der
kleinen Gemeinde das Dorf bereits verlassen hatten,
bevor sie gestorben waren und beerdigt werden
mussten. Es gab eine ganze Reihe von Grabsteinen, auf
denen der Name Wagner stand. Obwohl Tine bei den
meisten auch gleich eine passende Geschichte zur Hand
hatte, war es schwer für Linus, herauszufinden, ob und
in welcher Weise sie auch mit ihm verwandt sein
könnten, die Großeltern hatten ihm ja nichts über seine
Familie erzählt.

„Diese beiden hier, - der Bernhard und neben ihm die
Luise, - das sind meine Schwiegereltern", sagte Tine,
„der Reinhard auf der anderen Seite, das war der Bruder
meines Schwiegervaters." Sie lief ein paar Schritte
weiter. „Aber diese beiden hier, der Moritz Wagner und
seine Frau Emilia, gehörten nicht zu unserem Clan. Sie
haben früher in dem Haus am Nordrand gewohnt. Ein
altes Haus, das nun schon seit Jahren leer steht. "

Linus nickte. „Ich habe davon gehört, es soll sogar
manchmal darin spuken."

Tine lachte. „Ja, das erzählt man, aber an so etwas
glaube ich nicht. Obwohl..." Sie machte ein nach-
denkliches Gesicht, „obwohl tatsächlich mit dieser
Familie irgendetwas nicht gestimmt haben soll."

„Inwiefern?"

Sie hob die Schultern. „Moritz und Emilia sind sehr früh gestorben. Es hieß, sie seien bei einem Busunglück ums Leben gekommen. Sie hinterließen drei Kinder, - drei Mädchen."

„Hieß eines von ihnen vielleicht Gabriele?"

Tine überlegte. „Tut mir leid, ich weiß nur von einer Silvia. Da sie neben Moritz und Emilia beerdigt worden ist, könnte sie eine der Töchter gewesen sein."

„Und was ist mit den anderen beiden?"

Tine schüttelte den Kopf. „Keine Ahnung. Vielleicht kann Ihnen da wirklich nur die alte Rahel weiterhelfen. Normalerweise müsste sie alle zu ihren Lebzeiten noch gekannt haben."

Linus war ein bisschen enttäuscht, der Besuch auf dem Friedhof hatte nichts gebracht. Der Name Gabriele Wagner war nirgendwo aufgetaucht.

Er bedankte sich bei Tine.

„Was werden Sie als Nächstes tun?" fragte sie.

„Ich werde mir morgen das alte Wagner-Haus mal ansehen. Laut meiner Geburtsurkunde war eine gewisse Gabriele Wagner meine Mutter. Vielleicht finde ich dort Hinweise auf sie. Und später werde ich der alten Rahel einen Besuch abstatten."

Tine schüttelte ihm die Hand. „Ich wünsche Ihnen ganz viel Glück bei Ihrer Suche."

„Danke." Linus lächelte. „Dank Ihnen und Ihrem Mann bin ich schon ein kleines bisschen weiter. Zumindest weiß ich jetzt, dass Gabriele nicht hier auf dem Friedhof begraben ist. Wahrscheinlich hat auch sie das Dorf schon beizeiten verlassen."

4.

Das Wagner-Haus

In der ersten Nacht im *Krug* schlief Linus tief und traumlos, und nachdem ihm am nächsten Morgen die hübsche junge Frau mit den Grübchen in der Gaststube das Frühstück serviert hatte, fühlte er sich fit und ausgeruht und bereit für alles Wissenswerte, was er an diesem neuen Tag erfahren würde. Er beschloss, so früh wie möglich an den Nordrand des Dorfes zu laufen, um sich ein Bild davon zu machen, wie die letzten Bewohner des Wagner-Hauses dort gelebt hatten.

Das alte verkommene Gebäude passte wahrhaftig nicht in den sauberen, adretten und blumenge-schmückten Ort. Kein Wunder, dass man froh war, dass es nicht mitten im Dorfkern, sondern weit außerhalb gelegen war.

Dort, wo sich der Weg teilte und der eine Teil in den ehemaligen Hof der Wagners einbog, stand eine große Tanne, als hätten ihr all die vergangenen Jahre nichts anhaben können, doch der große Garten um das Haus herum war verwildert und von Unkraut überwuchert. Der Zaun, der ihn früher einmal eingegrenzt hatte, war überall schadhaft und morsch. Von der Fassade ganz zu schweigen, denn an vielen Stellen waren Steine und Putz zwischen dem Fachwerk herausgebrochen. Die verwitterten Fensterläden hingen schief in ihren Angeln oder waren verschwunden, und auf dem Dach fehlten Ziegeln, was erahnen ließ, dass es an manchen Stellen ins Innere hineinregnete.

Linus vermutete, dass dieses Haus schon für so manchen Tunichtgut als Unterschlupf gedient hatte, und um sicher zu gehen, dass er nicht gerade jetzt, in diesem Augenblick, einen von ihnen in seiner Ruhe störte, blieb er zunächst in einiger Entfernung stehen.

In seiner Fantasie versuchte er, sich vorzustellen, wie das Häuschen einmal ausgesehen haben mochte, als es noch bewohnt war, doch es war schwer, vor seinem geistigen Auge ein einigermaßen erträgliches Bild zu schaffen.

War dies nun wirklich das Haus, in dem Gabriele gelebt hatte? Wann hatte sie Altenstede verlassen? Erst, als sie schwanger gewesen war oder schon vorher? Hatte sie seinen Vater hier in Altenstede kennengelernt, oder erst später, in der Stadt oder in dem Ort, der ihr zur neuen Heimat geworden war? War sie nicht weiter gekommen, als bis nach Wackenstein?

Langsam lief Linus ein paar Schritte auf das Haus zu. Die Fenster waren schmutzig, es war unmöglich einen Blick ins Innere zu werfen. Er verhedderte sich mit den Füßen in den Schlingpflanzen, die ungebändigt über den Boden krochen.

Die Tür war unverschlossen, sie ächzte und krächzte, als er sie ein Stück weiter öffnete. Ein modriger Geruch stieg ihm in die Nase, er reizte zum Niesen.

Der erste Raum, den er betrat, schien der Korridor gewesen zu sein: Ein verschnörkelter Schrank, eine altmodische Garderobe mit Hutablage, ein Schuhregal mit verblasstem Vorhang… Und überall Spinnweben und Staub. Er bemühte sich, so wenig wie möglich davon aufzuwirbeln, damit er nicht gezwungen war, ihn einzuatmen.

Er warf noch einen kurzen Blick in das angrenzende Zimmer, das die Küche gewesen sein mußte. Er sah einen Herd, auf dem ein großer Topf stand, Ofenrohre, und etwas, das ein Kühlschrank gewesen sein mußte, nun aber von Schmutz und Rost zerfressen war. An der hinteren Wand stand eine Eckbank mit einem großen Tisch davor und Stühlen drum herum…

Er beschloss, wieder zu gehen und ein anderes Mal zurückzukommen, denn wollte er sich hier weiter umsehen, brauchte er andere Kleidung und eine Maske für Mund und Nase. Ohne sich unnötig viel zu bewegen wandte er sich wieder dem Ausgang zu. An der Tür blickte er noch einmal zurück, seine Füße hatten deutliche Abdrücke auf dem staubigen Boden hinterlassen. Daneben waren die Pfotenabdrücke herumstreunender Katzen und anderen Getiers zu sehen. So war das Wagner-Haus wohl doch noch für das eine oder andere Lebewesen zum Zuhause geworden.

Die Junge Frau im Krug hieß Jette. Sie schien ihn zu mögen, denn sie hatte ihm nicht nur das *Du* angeboten, sondern war auch bereit, ihm zu helfen so gut sie konnte, nachdem er ihr schließlich doch erzählt hatte, weshalb er nach Altenstede gekommen war. Es schien ihr Spaß zu machen, an der Aufklärung seines Geheimnisses mitzuwirken.

„Ich war heute früh im Wagner-Haus", hatte er ihr erzählt, „aber es war unmöglich, mir in normaler Kleidung alles anzusehen. Bei jedem Schritt wurde so viel Staub aufgewirbelt, dass ich fast erstickt wäre. Da muß ich mir zuerst ein paar alte Klamotten besorgen, bevor ich das nächste Mal wieder hingehe. "

Sie nickte. „Das kann ich mir vorstellen. Möglicherweise war dort seit Ewigkeiten niemand mehr." Sie musterte seine Jeans, der noch immer ein leiser Schleier von Staub anhaftete.

„Ich habe eine Idee", meinte sie dann, „warte einen Augenblick." Für ein paar Minuten verließ die Gaststube, und sie trug etwas über dem Arm, als sie zurückkam.

„Dies hier ist der Overall meines Bruders", erklärte sie, „den trägt er für gewöhnlich, wenn er verschiedene Arbeiten für unsere Eltern erledigen muß, bei denen er schmutzig werden könnte. Ich hoffe, er passt dir."

Linus griff danach und hielt ihn hoch, um die Größe abzuschätzen. „Der müsste passen. Aber wird dein Bruder nicht ärgerlich sein, wenn ich einfach..."

Jette ließ ihn nicht ausreden. „Aber nein, bis er ihn das nächste Mal brauchen wird, hab ich ihn längst wieder gewaschen."

„Ich weiß gar nicht, wie ich dir danken soll." Spontan gab ihr Linus ihr einen Kuss auf die Wange, und sie ließ es lachend geschehen, weil es sie freute, dass sie ihm helfen konnte.

Am Nachmittag marschierte er dann erneut in Richtung Nordende zum Wagner-Haus. Er hatte gehofft,

Jette würde ihn begleiten, obwohl er sich denken konnte, dass das unmöglich war, da sie die Gäste im *Krug* bedienen mußte. Außerdem hätte es ihm auch nicht gefallen, wenn sie sich seinetwegen hätte so schmutzig machen müssen.

Die Sonne stand schon ziemlich tief, als er das alte Anwesen erneut erreichte. Die rotgoldenen Strahlen zauberten geheimnisvolle Schatten auf das Gemäuer, und in einem der Baumwipfel, die über das schadhafte Dach hinausragten, saß ein Rabe und krächzte, als wollte er den fremden Besucher davon abhalten, näherzutreten.

Vorsichtig, und noch immer darauf bedacht, so wenig wie möglich Staub aufzuwirbeln, betrat Linus das Haus ein zweites Mal. Er durchquerte den Flur, den er ja bereits kannte, und blieb an der Tür zur Küche stehen. Die Eckbank mit dem großen Tisch faszinierte ihn, daran gab es Platz für mindestens zehn Leute. Als die Eltern noch lebten, waren sie zu fünft gewesen, doch er konnte sich vorstellen, dass zu besonderen Anlässen und Festlichkeiten auch Verwandte aus der Umgebung gekommen waren. Er versuchte, sich vorzustellen, wie sie alle um den Tisch herumsaßen, ihre dampfende Mahlzeit vor sich. Oder Kaffee und speziellen Festtagskuchen. Er fragte sich, ob sie vor dem Essen gebetet hatten. War das nicht manchmal so üblich bei einfachen Leuten? Doch waren die Wagners tatsächlich so einfache Leute? Oder bekleideten die Eltern, neben dem bisschen Landwirtschaft, das sie betrieben, den einen oder anderen Posten in der Ortsverwaltung? Welche Schule hatten die Mädchen besucht, und für welche Ausbildung hatten sie sich nach der Schule entschieden? Wofür hatte sich Gabriele besonders interessiert?

Vorsichtig ging er einen Schritt in die Küche hinein. Auf dem Herd stand noch der große Topf, der ihm beim ersten Mal schon aufgefallen war, daneben ein Wasserkessel, - wer mochte beides stehengelassen haben, nachdem er als Letzter das Haus verlassen hatte? Und noch während er darüber nachdachte, sah er eine Maus auf dem Herd um den Topf herumwuseln. Und dann wurde er gewahr, dass sie nicht allein war, dass auch auf dem Fußboden noch einige ihrer Sippe umherhuschten.

Er lief um den Tisch herum bis zur Treppe, die in die oberen Stockwerke führte. Von der untersten Stufe aus blickte er hinauf, doch das beschädigte Dach war von dort aus nicht zu sehen, da gab es noch ein oder zwei Kämmerchen dazwischen.

Er stieg ein paar Stufen höher. In den ehemaligen Schlafräumen roch es entsetzlich, denn dort lagen noch immer die Matratzen auf den Bettgestellen, - feucht und mit Schimmelflecken bedeckt. Er vermutete, dass sich das Regenwasser, das durch das Dach kam, in den winzigen Kammern unter dem spitzen First sammelte und von dort aus durch die Decke lief. Die Holzstiege war so morsch und verfallen, dass er sich nicht traute, noch weiter hinaufzusteigen.

Resigniert beendete er seinen Rundgang, durchquerte die Küche und verließ das Haus wieder. Draußen vor der Tür setzte er sich auf die Stufe, die in den Garten führte und versuchte, tief einzuatmen und seine Lungen allmählich wieder mit frischer Luft zu füllen.

Er fragte sich, was wohl aus diesem Haus werden würde. Sicher könnte man bei der Gemeindeverwaltung erfragen, ob sich bereits ein Interessent gemeldet hatte, der beabsichtigte, es wieder herzurichten. Doch das würde wahrscheinlich ein Vermögen kosten. Würde sich das lohnen? Würde überhaupt jemals wieder jemand darin wohnen wollen? Dennoch versuchte er, sich vorzustellen, was man daraus machen und wie es nach einer Renovierung aussehen könnte.

Wenn er genügend Geld hätte, dachte er seufzend... Doch Unsinn! Soviel Geld hatte er nicht. Außerdem lebte er in Berlin, hatte dort sein Haus und seine Arbeit. Er hatte nie vorgehabt oder gar davon geträumt, Berlin jemals zu verlassen. So konnte er nur hoffen, dass es in Altenstede oder Umgebung eines Tages jemanden gab, der es sich leisten konnte, das Wagner-Haus wieder zu dem zu machen, was es früher einmal gewesen war.

Er lehnte sich zurück. Trotz allem war er froh, dass er es gefunden hatte, denn für ihn stand fest: Das war Gabrieles Elternhaus, hier war sie aufgewachsen, hier hatte sie gelebt bis zu dem Zeitpunkt, als sie nach Wackenstein gefahren war, um ihn zur Welt zu bringen. Doch wenn er sie finden wollte, mußte er von nun an woanders nach ihr suchen.

Zurück im Dorf lieferte er den Overall bei Jette ab. „Spendier deinem Bruder ein Bier von mir," sagte er, „ohne den Overall wäre ich verloren gewesen." Und dann berichtete er ihr kurz, wie er das Wagner-Haus vorgefunden hatte.

Am nächsten Morgen fragte er sich zu der alten Rahel durch. Sie mochte tatsächlich schon hundert sein, denn ihr zerknittertes Gesicht wies tiefe Falten und Furchen auf. Dennoch saß sie kerzengerade in ihrem Sessel, und ihre kleinen Augen blickten ihm wach und neugierig entgegen. Man hatte ihr bereits erzählt, dass ein Fremder gekommen war, der nach den Wagners gefragt hatte.

„Du bist also auch ein Wagner?" wollte sie von ihm wissen und streckte ihm ihren knochigen Arm entgegen. „Wo kommst du denn her?"

„Ich komme aus Berlin," antwortete er und nahm ihre Hand. Sie fühlte sich an, als sei sie mit Pergament überzogen.

„Aus Berlin? Was hast du denn dort gemacht?" fragte sie verwundert.

Er lachte. „Ich bin dort aufgewachsen."

„Aufgewachsen?"

„Ja, dort bin ich zur Schule gegangen, hab meine Ausbildung als Kaufmann gemacht und wohne immer noch dort. Ich bin hierhergekommen, nach Altenstede, weil ich erfahren habe, dass meine Mutter Gabriele Wagner hier gelebt haben soll."

Sie sah ihn erstaunt an und schüttelte den Kopf. „Da mußt du dich irren, hier hat es nie eine Gabriele Wagner gegeben. Niemals."

„Sind Sie sich da sicher?"

„Ganz sicher", antwortete sie.

„Aber so steht es auf meiner Geburtsurkunde. *Gabriele Wagner aus Altenstede.*"

„Nein, nein, da muß ein Fehler vorliegen. Wo bist du denn geboren?"

„In Wackenstein, das ist nicht weit von hier…"

„Ich weiß, wo das ist." Sie kicherte. „Und das erklärt
so einiges. Wäre sie nämlich hiergeblieben und hätte
dich *hier* zur Welt gebracht, hätte es wahrscheinlich
keine Probleme gegeben. Aber diese jungen Dinger
glauben ja immer noch, in einem Krankenhaus seien sie
besser aufgehoben. Und dann wundern sie sich, wenn
es bei dem Durcheinander zu Verwechslungen kommt."

„Verwechslungen?" Er war erschrocken. „Sie meinen,
ich könnte verwechselt worden sein?"

„Ja, freilich. Sonst müsste sie doch jemand gekannt
haben, deine Mutter Gabriele."

Fassungslos starrte er die alte Frau an. Eine Verwechslung, - wie konnte das möglich sein? Bedeutete
das vielleicht, dass Gabriele gar nicht aus Altenstede
gekommen war? Wäre es im Nachhinein überhaupt
noch möglich, herauszufinden, welches Kind zu welcher
Mutter gehörte? Da blieb ihm wahrscheinlich nichts
anderes übrig, als sich doch noch an das Krankenhaus in
Wackenstein zu wenden.

Rahel beugte sich plötzlich ein wenig vor. „Wie,
sagtest du, heißt du?"

„Wagner, ich heiße Wagner."

„Ja, ja, aber dein Vorname?"

„Linus. Linus Wagner."

„Linus", wiederholte sie. „Das ist ein eigenartiger
Name."

„Ich weiß." Er lächelte. „Wenn es nach mir gegangen
wäre, hätte ich sicher einen anderen."

„Nein, nein", meinte sie, senkte den Kopf, und man
sah ihr an, dass sie tief in ihren Erinnerungen kramte.
„Da hat es nämlich schon einmal einen gegeben."

„Einen Linus?"

„Ja, ja."

„Hier in Altenstede?"

Die Alte nickte eifrig. „Ja, hier in Altenstede. Eigentlich gehörte er gar nicht ins Dorf. Ich weiß nicht, woher er gekommen ist, dieser Linus damals. Es war kurz nachdem der Moritz und die Emilia mit dem Bus verunglückt sind, da kam dieser Linus ins Wagner-Haus. Manche sagten, er sei ein entfernt Verwandter gewesen, aber da bin ich mir gar nicht so sicher. Wahrscheinlich hat ihn eines der Mädchen von irgendwoher mitgebracht. - Naja, die Mellie sicher nicht, die ist ja, soviel ich weiß, damals noch zur Schule gegangen."

„Und wann in etwa soll das gewesen sein?"

„Zwanzig, dreißig Jahre mag das schon her sein", meinte sie, „ungefähr jedenfalls. Er soll den Mädchen ein bisschen zur Hand gegangen sein, sie wussten ja gar nicht, was alles zu tun war, als die Eltern plötzlich nicht mehr da waren. Und allein, ohne Hilfe, hätten sie's vielleicht gar nicht schaffen können."

Die Rahel nickte noch einmal gedankenverloren.

„Etwa ein Jahr war er da, vielleicht auch ein bisschen länger, - so genau weiß ich das nicht mehr. Dann ist er wieder gegangen. - Und kurz darauf waren sie alle verschwunden, die Wagners. Haben alles stehen und liegen lassen und waren einfach weg."

Linus schluckte. „Wo sind sie denn hin?", fragte er.

„Das weiß niemand."

„Und keines der Wagner-Mädchen hieß Gabriele?", fragte er noch einmal.

„Nein, eine Gabriele gab es nicht"

Linus hörte der alten Frau nur noch halb zu. Der Gedanke, es könnte sich tatsächlich um eine Verwechslung gehandelt haben, ging ihm nicht mehr aus dem Kopf. Wahrscheinlich stammte Gabriele dann gar nicht aus Altenstede. Fast war er ein bisschen enttäuscht, denn das Wagner-Haus war für ihn inzwischen schon zu etwas ganz Besonderem geworden.

Die alte Rahel sprach noch immer über die drei Wagner-Mädchen und erzählte gerade von Silvia, die wohl die Hübscheste der Schwestern gewesen sein soll.

Linus fiel sein Gang über den Friedhof wieder ein.

„Als ich mit der Tine auf dem Friedhof war, hat sie mir Silvias Grab gezeigt", sagte er. „Es war sehr gepflegt und hübsch zurechtgemacht. Wenn man bedenkt, dass von ihrer Familie angeblich niemand mehr im Dorf lebt…"

Rahel nickte wieder. „Das ist der Rainer Moser, der sich darum kümmert. Er und die Silvia waren eine Zeitlang ein Paar."

„Woran ist sie denn gestorben die Silvia, damals? Sie muß doch noch sehr jung gewesen sein."

„Der Rainer hat sie zu einem Ausflug auf seinem Motorroller mitgenommen, und dann hatten sie einen Unfall. Dabei wurde das Mädchen schwer verletzt und hat es nicht überlebt, während der Rainer mit ein paar leichten Schrammen davongekommen ist. Vermutlich gibt er sich noch heute die Schuld an ihrem Tod."

Sie machte eine kurze Pause und fuhr dann fort: „Später hat er dann die Monika geheiratet, aber vergessen hat er die Silvia nie. Zwar streitet er ab, dass er es ist, der sich immer wieder um das Grab kümmert, und auch, dass die Rosen jedes Jahr an ihrem

Geburtstag von ihm kommen… Da bleibt der Monika nichts anderes übrig, als wenigstens so zu tun, als ob sie ihm glaubt." Sie kicherte wieder. „Aber jeder im Dorf weiß doch, was los ist."

Linus mußte lächeln. Dorfgeschichten, dachte er. Wo gab es die nicht? Wurde nicht vielleicht auch längst über ihn und Jette geredet, weil er im Krug wohnte und sich so gut mit ihr verstand?

Jette war eine Frau, die ihm gefallen würde, und gäbe es im Augenblick nicht eine weitaus wichtigere Aufgabe für ihn zu erledigen, würde er ihretwegen vielleicht sogar noch etwas länger in Altenstede bleiben. Vielleicht konnte er, wenn die Suche nach Gabriele abgeschlossen war und er den Kopf wieder frei hatte, noch einmal zurückkommen.

Vielleicht.

Am nächsten Tag beschloss Linus, Altenstede wieder zu verlassen. Er hatte viel gesehen und gehört, obwohl er über Gabriele so gut wie gar nichts erfahren hatte.

Er zog sich in die Grünanlage zurück und rief Karin an, um ihr, wie ausgemacht, einen Zwischenbericht zu geben.

Sie freute sich, von ihm zu hören. „Jetzt erzähl mal, was hast du denn schon alles herausgefunden?" fragte sie gespannt.

Er seufzte tief. „Ich habe zwar Altenstede kennengelernt, den Ort, an dem meine Mutter angeblich aufgewachsen sein soll, aber inzwischen bin ich mir da gar nicht mehr so sicher. Ich glaubte, das Haus gefunden zu haben, in dem sie gewohnt und gelebt hat, habe mit

Einwohnern des Dorfes geredet, doch nirgendwo ist der Name *Gabriele* aufgetaucht. Und jetzt habe ich auch noch erfahren, dass es bei meiner Geburt möglicherweise zu einer Verwechslung gekommen sein könnte. Das würde bedeuten, dass Gabriele vielleicht gar nicht aus Altenstede kam, sondern aus einer ganz anderen Ortschaft."

„Oh je! Das sind ja keine guten Nachrichten." Er tat ihr leid. „Was hast du denn jetzt vor? Wirst du nun doch noch ins Klinikum nach Wackenstein fahren?"

„Mir bleibt nichts anderes übrig, Karin. Vielleicht finde ich ja dort doch noch jemanden, der sich an sie erinnern kann."

„Das wünsche ich dir von Herzen, Linus, damit du endlich weißt, woran du bist und deine Geschichte zu einem guten Ende bringen kannst."

5.

Im Klinikum St. Georgen

Es ist nicht leicht, in einer riesigen Institution, wie beispielsweise einem Klinikum, einen persönlichen Ansprechpartner zu finden, um ein individuelles Problem zu klären oder Antworten auf wichtige Fragen zu finden.

Als Linus Wagner durch das Portal der St. Georgen-Klinik in Wackenstein in die große Eingangshalle trat, sah er sich mit so vielen Hinweisschildern und Informationstafeln konfrontiert, dass er im ersten Augenblick nicht wußte, wohin er sich wenden sollte. Wäre er Patient gewesen, hätte er wahrscheinlich schneller herausgefunden, welche Abteilung für ihn zuständig gewesen wäre. Doch er war kein Patient, er war nur jemand, der gekommen war, um ein wenig Licht auf einen dunklen Punkt in seiner Vergangenheit zu richten.

Nachdem er sich kurz umgeschaut hatte, wandte er sich an die Anmeldung neben dem Eingang.

„Bitte schön, was kann ich für Sie tun?" Eine ältere Dame mit grauem Dutt schaute ihm freundlich hinter der Glasscheibe der Theke entgegen.

Linus schluckte. Wahrscheinlich ging sie davon aus, in ihm einen künftigen Patienten vor sich zu haben, doch weil das auf ihn nicht zutraf, wußte er nicht recht, wie er beginnen sollte, seine Fragen vorzubringen.

„Ich bin vor fünfundzwanzig Jahren hier im St. Georgen zur Welt gekommen", begann er, „doch da gibt es immer noch einige Unklarheiten in Bezug auf meine Geburt. An wen könnte ich mich denn da wenden, um endlich Antworten auf meine Fragen zu finden?"

Die Frau lächelte freundlich. Sie griff nach seiner Geburtsurkunde, die er in der Hand gehalten und dann vor ihr auf die Theke gelegt hatte und warf einen kurzen Blick darauf.

„Um was geht es denn? Was ist es denn, was Ihnen nicht klar ist?"

„Ich suche nach meiner Mutter, aber entweder ist ihr Vorname auf der Urkunde falsch, oder sie kann nicht aus Altenstede gekommen sein, obwohl das hier steht."

„Mm", die Frau überlegte. „Da wenden Sie sich am besten an die Frau Wiesner im Zimmer 122, das ist hier gleich um die Ecke den Flur entlang. Sie ist spezialisiert auf solche Fragen. Und da sie auch Zugang zu den Patienten-Akten hat, kann sie Ihnen ganz sicher weiterhelfen."

„Danke schön." Linus trat einen Schritt zurück, um einem anderen Auskunftssuchenden Platz zu machen. Er rechnete damit, dass dies nicht das letzte Mal gewesen war, dass man ihn wegschickte und an eine andere Stelle verwies. Doch entgegen seinen Befürchtungen hatte er in Zimmer 122 ein bisschen mehr Glück. Nicht, dass ihm die Frau Wiesner sofort die Lösung seines Problems präsentieren konnte, aber sie nahm sich die Zeit, sich seine Geschichte zuerst einmal aufmerksam anzuhören.

„Mutter: Gabriele Wagner aus Altenstede…“, las sie auf der Geburtsurkunde, aber Linus unterbrach sie. „Entweder ist der Vorname falsch, oder sie war gar nicht aus Altenstede.“

„Und der Nachname? Ist der auch falsch, oder könnte der richtig sein?“, wollte sie wissen.

„Ich denke, dass er richtig ist, weil ich auch so heiße, und weil ich mich davon überzeugen konnte, dass es in Altenstede mehrere Linien der Wagners gibt, beziehungsweise gab. Ich habe nur nirgendwo eine *Gabriele* gefunden. Deshalb dachte ich…“ Er schluckte. „Wäre es denn nicht möglich, dass es sich damals um eine Verwechslung gehandelt haben könnte? Dass eigentlich ein ganz anderes Kind zu Gabriele Wagner gehörte, während *meine* leibliche Mutter…“ Er schluckte noch einmal, „…während meine Mutter aus einem ganz anderen Ort kam und das falsche Kind mit nach Hause genommen hat?“

Frau Wiesner schaute ihn verwundert an und schüttelte dann ganz energisch den Kopf.

„Nein! So etwas kommt in einem Klinikum wie dem unseren ganz sicher nicht vor. Und wenn, dann würde man das anhand der Patienten-Akte sofort merken.“

Die junge Frau schaute sich die Geburtsurkunde noch einmal ganz genau an. „Ich vermute etwas ganz anderes“, sagte sie dann. „Dafür, dass Sie nirgendwo auf den Namen *Gabriele* gestoßen sind, kann es eigentlich nur einen einzigen Grund geben: Es muß sich um eine anonyme Geburt gehandelt haben.“

Linus war wie vor den Kopf geschlagen. „Eine anonyme Geburt?“ fragte er vollkommen verwirrt.

Die Frau nickte. „Wenn eine werdende Mutter ihre Identität nicht preisgeben möchte, aber dennoch eine Geburt in einem Krankenhaus unter ärztlicher Aufsicht möchte, kann sie ihr Kind anonym zur Welt bringen. Sie bekommt dann anstelle ihres richtigen Namens ein Pseudonym, das in die Geburtsurkunde eingetragen wird. Normalerweise wird auch der Heimatort geändert, aber wenn Sie sagen, dass sie tatsächlich aus Altenstede stammen könnte, ist sie wahrscheinlich damit einverstanden gewesen, dass man ihn erwähnt hat. Vielleicht wollte Sie Ihnen damit sogar die Möglichkeit geben, im Erwachsenenalter Nachforschungen anzustellen.“

Linus wußte nicht, was er dazu sagen sollte, niemals hätte er mit einer solchen Erklärung gerechnet.

„Und die Verwechslung…, daran glauben Sie nicht?“

Sie schüttelte den Kopf. „Nein, Herr Wagner. Das ist so gut wie unmöglich.“

Wie im Traum bedankte er sich, verließ den Raum und schließlich auch das Krankenhausgebäude und setzte sich in der Grünanlage vor dem Haupteingang auf eine Bank. Er versuchte, das eben Gehörte zu verstehen, doch minutenlang war er nicht fähig, einen klaren Gedanken zu fassen. Dann aber stürmten sie mit solcher Wucht auf ihn ein, dass sein Kopf zu schmerzen begann.

Eine anonyme Geburt, was bedeutete das? Dass niemand wissen durfte, dass sie ein Kind bekommen hatte? Dass sie dieses Kind nicht wollte? Dass sie es zur Adoption freigegeben hatte, weil es nicht in ihr Leben passte? Dass sie in Kauf genommen hatte, dass es in einem Heim aufwuchs? Und in Gedanken fügte er hinzu: ‚Oder bei einem lieblosen strengen Paar alter Leute‘?

Er spürte Tränen in den Augen. Niemals mehr als in diesem Augenblick hatte er den Wunsch, seiner Mutter gegenüberzustehen, um sie zu fragen: *Warum?*

Eine halbe Stunde später kehrte er zu Frau Wiesner ins Zimmer 122 zurück. Die junge Frau lächelte freundlich, sie hatte ihn wiedererkannt. „Sie haben noch eine Frage?"

Er seufzte. „Ja, und nicht nur eine. Ich habe das Gefühl, es werden immer mehr. Habe ich denn überhaupt eine Chance, jemals herauszufinden, wer meine Mutter war, wenn sie anonym bleiben wollte? Und gibt es eine Möglichkeit herauszufinden, wo sie sich heute aufhalten könnte?"

Sie hob die Schultern. „Anhand des Geburtenregisters kann ich mir ihre Akte heraussuchen und nachsehen, ob es darin Hinweise gibt, die Ihnen vielleicht weiterhelfen könnten", sagte sie. „Man könnte auch herausfinden, welche der Hebammen Dienst hatte, als Sie geboren wurden. - Allerdings…, fünfundzwanzig Jahre sind eine lange Zeit. Stellen Sie sich vor, wie vielen Kindern eine Hebamme im Laufe ihrer Berufstätigkeit auf die Welt hilft. Sie wird sich wohl kaum mehr an jedes einzelne erinnern können. - Zeigen Sie mir doch noch einmal ihre Geburtsurkunde, ich werde mir eine Kopie davon machen. - Falls Sie noch etwas in Wackenstein zu erledigen haben… Ich weiß nicht, ob ich es heute noch schaffe, etwas herauszufinden. Aber wenn Sie sich morgen früh noch einmal melden würden…?"

Linus nickte. Ja, er wollte warten, ob sich vielleicht doch noch ein Hinweis ergab, und wäre er noch so klein. Bisher gab es keinerlei konkrete Antworten auf seine Fragen. Noch nicht. Dennoch schöpfte er jetzt ein kleines bisschen Hoffnung, und er war der jungen Frau unendlich dankbar, dass sie sich seines Problems so entschlossen annahm.

„Ich weiß gar nicht, wie ich Ihnen danken soll", sagte er, während er ihr zusah, wie sie eine Kopie seiner Geburtsurkunde anfertigte.

Sie lächelte wieder. „Danken Sie mir erst, wenn wir etwas Verwertbares herausgefunden haben", meinte sie. „Es ist gar nicht so sicher, dass wir überhaupt einen Schritt weiterkommen. Aber ja, wir werden es wenigstens versuchen."

Nachdem er das Klinikum verlassen hatte, sah er sich in der Ortschaft nach einem Zimmer um und fand eines in einer kleinen Pension ganz in der Nähe des Krankenhauses. Es fiel ihm schwer, bis zum nächsten Tag zu warten. Wackenstein war nicht groß genug, um dort als Fremder einen interessanten Nachmittag oder Abend zu erleben.

In der Nacht konnte er vor Aufregung nicht einschlafen, und unzählige Möglichkeiten, wie es damals gewesen sein könnte, gingen ihm durch den Kopf. Gedanken über eine Mutter, die vielleicht gezwungen gewesen war, ihn wegzugeben, über einen Vater, der ihr Gewalt angetan hätte, hätte sie es nicht getan. Aber auch über eine Mutter, der das Herz gebrochen war aus Liebe zu ihrem Kind, das sie nicht bei sich behalten durfte…

Am nächsten Morgen fühlte er sich elend und unausgeschlafen, und nur mit Müh und Not brachte er zum Frühstück ein kleines Brötchen hinunter. Der Kaffee allerdings half ihm weiter. Er war stark und weckte seine Lebensgeister, und voller Zuversicht machte er sich wieder auf den Weg zum Krankenhaus.

„Ich habe zwar etwas gefunden…", meinte Frau Wiesner, die junge Frau in Zimmer 122, sie schaute ihm allerdings eher traurig als zuversichtlich entgegen. „Es ist keine besonders gute Nachricht, die ich Ihnen übermitteln muß." Sie seufzte. „Es tut mir sehr leid für Sie, Herr Wagner, aber Ihre Mutter ist damals, am Tag ihrer Geburt, gestorben."

Linus zuckte zusammen. Natürlich hatte er auch mit dieser Nachricht gerechnet, zumal er einen solchen Hinweis schon von den Großeltern bekommen hatte. Im Geheimen hatte er jedoch immer noch gehofft, den Namen eines Ortes zu erfahren, an dem sie vielleicht sogar zurzeit noch lebte. Eines Ortes, den er aufsuchen und an dem er sie treffen und mit ihr reden konnte. Endlich, nach fünfundzwanzig Jahren.

Er schluckte. Dieser Traum war nun endgültig zerplatzt.

„Ich habe hier in den Unterlagen die Sterbeurkunde Ihrer Mutter gefunden", sagte sie und griff ein Blatt heraus.

„Was ist damals geschehen?" fragte er tonlos.

„Wie es aussieht, hatte sie nach der Entbindung zuviel Blut verloren."

Er fuhr sich mit der Hand über die Stirn. „Wie kann das in einem Krankenhaus wie diesem passieren? Als ich zur

Welt kam, waren wir nicht mehr im Mittelalter.“

„Die näheren Einzelheiten gehen aus der Sterbe-urkunde nicht hervor. Aber hier steht der Name der Hebamme, die bei der Entbindung Dienst hatte: Es war Annemarie Schubert. Ich kenne Frau Schubert, sie war eine sehr zuverlässige und sehr beliebte Hebamme. Bis vor zwei Jahren war sie immer noch hier im Hause tätig, seither ist sie in Rente.“ Sie machte eine Pause und wartete auf seine Reaktion, doch es waren zu viele Gedanken, die auf ihn einstürmten.

„Sie wohnt in Wittmund“, fuhr Frau Wiesner fort, „ich habe Ihnen mal ihre Anschrift und ihre Telefon-Nummer aufgeschrieben. Wenn Sie Glück haben erinnert sie sich an den Fall und ist bereit, mit Ihnen darüber zu reden.“

Linus nickte. „Danke! Ich werde mich auf jeden Fall mit ihr in Verbindung setzen.“

Er versuchte zu lächeln. „Und Hinweise auf eine Verwechslung gibt es nicht?“, fragte er.

Sie schüttelte den Kopf und lächelte. „Nein, ich hab mich informiert. Die anderen Babys, die an diesem Abend zur Welt gekommen sind, waren lauter Mädchen.“

Linus atmete tief aus. „Ich bin Ihnen wirklich sehr dankbar, auch wenn Sie mir keine guten Nachrichten überbringen oder mir gar helfen konnten, meine Mutter zu finden. Über die Hebamme kann ich vielleicht doch noch etwas mehr in Erfahrung bringen.“

„Ich kann mir vorstellen, wie wichtig Ihnen das ist, Herr Wagner. Und ich drück Ihnen ganz fest die Daumen.“

Bevor er nach Wittmund gefahren war, hatte Linus mit Annemarie Schubert telefoniert, - es hätte immerhin sein können, dass sie prinzipiell nicht bereit gewesen wäre, über Dinge, die sie in ihrer langjährigen Praxis erlebt und erfahren hatte, Auskunft zu geben. Doch sie schien sich sogar an den Namen Wagner zu erinnern und war auch bereit, mit ihm zu reden und seine Fragen zu beantworten. Sie vereinbarten einen Zeitpunkt am darauffolgenden Nachmittag, an dem er sie aufsuchen sollte.

Er kannte die Stadt Wittmund nicht, und um nicht lange nach der Adresse der Hebamme zu suchen, stieg er vor dem Bahnhof in ein Taxi. Es dauerte allerdings nur eine knappe Viertelstunde, bis der Wagen vor einem geduckten Klinkerhäuschen hielt.

Auf Grund ihrer Stimme am Telefon hatte sich Linus eine kleine drahtige Frau vorgestellt, doch Annemarie Schubert war eine große stattliche Frau, die noch immer wirkte, als ob sie zupacken konnte, wo Not am Mann war.

„Herr Wagner?", fragte sie vorsichtig. Sie hatte ihre Türe zunächst nur einen Spaltbreit geöffnet und ihn sich aufmerksam angeschaut. Doch er schien einen guten Eindruck auf sie zu machen, deshalb bat sie ihn schließlich, einzutreten. „Kommen Sie herein", sagte sie, „ich hoffe, dass ich Ihnen helfen kann."

Sie führte ihn in ihr Büro und wies auf eine kleine Sitzgruppe. „Bitte nehmen Sie doch Platz."

Linus setzte sich. Sein Herz klopfte vor Aufregung, denn wenn es überhaupt jemanden gab, der ihm Auskunft über seine Mutter geben konnte, dann war es diese Frau, die nun an ihrem Schreibtisch saß und in der Akte blätterte, in der alle Unterlagen über Gabriele Wagner zusammengetragen waren.

„Ich habe mit Frau Wiesner vom Klinikum gesprochen", begann sie, „sie hat mir gesagt, dass Sie nach Ihrer Mutter suchen und mir einige Fragen zu Ihrer Geburt im St. Georgen stellen möchten." Sie stand vom Schreibtisch auf, setzte sich in den Sessel ihm gegenüber und schaute ihn bekümmert an. „Frau Wiesner hat Ihnen aber auch bereits mitgeteilt, dass Ihre Mutter nach der Entbindung gestorben ist."

Linus nickte. „Wie konnte das passieren?", fragte er leise. „Vor fünfundzwanzig Jahren war die Medizin doch schon so weit…"

Sie unterbrach ihn. „Herr Wagner, dass sie gestorben ist, war nicht die Schuld des Krankenhauspersonals", sagte sie und schüttelte den Kopf. „Im Gegenteil, wir haben alles Menschenmögliche getan. Aber…"

„Aber?"

„Sie war verletzt, als sie in der Klinik ankam…"

„Verletzt?" Linus verstand nicht, was sie meinte. „Was hat ihr gefehlt?"

„Die Wehen hatten schon lange zuvor eingesetzt, und sie hatte eine tiefe, stark blutende Wunde in der Brust. Wir waren froh, dass ihr Kind, - also Sie, - damals heil und gesund zur Welt kommen konnte."

„Wie ist es denn zu dieser Verletzung gekommen? Wer hat ihr das zugefügt? Hat sie nichts darüber gesagt? Haben Sie denn nicht die Polizei eingeschaltet, damit die Sache geklärt werden konnte?"

Annemarie Schubert hob die Schultern und lächelte ein wenig hilflos. „Es war vielleicht nicht ganz korrekt, wie wir uns damals verhalten haben, Herr Wagner. Aber sie ist uns unter den Händen gestorben. Was hätte es denn gebracht, wenn die Polizei noch wochenlang nachgeforscht und ihre Beerdigung hinausgeschoben hätte? Wir hatten keine Ahnung, was passiert war, - ob es ein Unfall gewesen war, oder ob ihr jemand etwas zuleide getan hat. Es hätte beides sein können. Und da sie schon auf dem Weg in die Klinik sehr viel Blut verloren hatte…, konnten wir letztendlich nichts mehr für sie tun." Sie seufzte noch einmal. „Wir wollten nur, dass dieses arme Menschenkind endlich seine Ruhe findet."

„Hat Sie denn gar nichts von sich erzählt? Haben Sie gewußt, dass sie aus Altenstede gekommen war? Hat sie von meinem Vater gesprochen?"

Annemarie Schubert sah ihn voller Mitgefühl an und schüttelte den Kopf. „Sie konnte nicht mehr viel sagen, sie war am Ende ihrer Kräfte. Das einzige, was sie immerzu wiederholte, - ganz leise zwar, wir verstanden sie kaum, - war, dass das Kind den Namen *Linus* erhalten sollte. Das schien ihr sehr wichtig gewesen zu sein."

Er schluckte. So konnte er ihr doch nicht wirklich gleichgültig gewesen sein, dachte er. „Wo hat man sie hingebracht? Wo hat man sie begraben?", fragte er, den Tränen nahe. „Es gibt kein Grab von ihr in Altenstede."

„Wir wussten weder, ob sie von Altenstede noch von einem anderen Ort in der Umgebung gekommen war. Aber wir hatten in ihren Unterlagen zwei schon sehr abgegriffene Fotos gefunden und uns gedacht, dass das vielleicht ihr Zuhause gewesen sein könnte. Das eine zeigte ein sehr hübsches Häuschen mit Blumen vor den Fenstern, ein junger Mann stand davor. Das andere war eine Ansichtskarte von Altenstede, der Ortsname war aufgedruckt. Außerdem fanden wir eine Busfahrkarte nach Altenstede und einen Umschlag, auf dem der Name *Wagner* stand. Deshalb gingen wir davon aus, dass sie Wagner hieß und aus Altenstede gekommen war. Aber das waren nur Vermutungen, im Grunde wussten wir gar nichts über sie."

„Und der Name des jungen Mannes stand nicht auf dem Foto?"

Sie schüttelte den Kopf. „Nein."

„Was ist mit den Sachen passiert, die sie bei sich hatte?"

„Wir haben sie mit ihr begraben."

Annemarie Schubert atmete tief aus. „Es tut mir so leid, dass ich Ihnen nichts anderes berichten kann, Herr Wagner. Aber…", sie legte ihre Hand auf seinen Arm, „…beerdigt hat man sie in Wackenstein, dort können Sie sie immer noch besuchen. Da es dort auf dem Friedhof auch verschiedene Grabstellen meiner Verwandten gibt, komme ich immer mal wieder hin. Und dann sehe ich auch jedesmal nach ihr."

Linus fuhr sich mit dem Handrücken über die Augen.

„Danke", sagte er. „Danke dafür, dass ich nun ein bisschen mehr über sie weiß. Und danke, dass Sie so viel für sie getan haben, Frau Schubert."

Das Grab war ein einfacher Erdhügel versehen mit einem schlichten Holzkreuz, auf dem nur das stand, was man damals über die junge Mutter herausgefunden hatte: Gabriele Wagner aus Altenstede, gestorben am 28. August 2002. An seinem Geburtstag!

Linus biss sich auf die Lippen. - Vielleicht war es Frau Schuster gewesen, die ein paar *Fleißige Lieschen* gepflanzt hatte, vielleicht auch jemand anderes, der Mitleid mit der jungen Frau gehabt hatte. Auf dem Weg zum Friedhof war er an einem Blumenladen vorbeigekommen, und er hatte eine Rose ausgesucht, die er nun niederlegte. Eine dunkelrote Rose mit einem Zweiglein Schleierkraut. Er hätte gern das Foto gesehen, dass Gabriele bei sich gehabt hatte, doch selbst wenn darauf sein Vater zu sehen gewesen war, wie hätte er ihn nach all den Jahren und ohne nähere Hinweise finden sollen? Und..., hatte sein Vater überhaupt von ihm gewußt? Hatte er von Gabrieles schweren Ende gewußt? Gab es ihn vielleicht sogar noch irgendwo?

„Mama", flüsterte er. - Er wußte nicht einmal, dass er es wirklich ausgesprochen hatte. Doch er wußte: Seine Suche war jetzt zu Ende, denn er hatte sie gefunden. Und eines war sicher: Er würde wiederkommen. Nach Altenstede und zum Grab nach Wackenstein.

Noch am selben Tag besorgte er sich eine Fahrkarte nach Berlin. Er wollte nach Hause. Einerseits wünschte er, er hätte die Träume von seiner Mutter sein Leben lang behalten können, hätte niemals versucht, das Rätsel um sie zu lösen. Doch dazu war es nun zu spät. Andererseits war er aber auch dankbar, dass er sie gefunden hatte, und dass nun Ruhe in sein Herz einkehren konnte.

6.

Ein ungewohnter Weg

Karin wurde nicht gleich gewahr, dass Linus zurück war, sie sah nur auf einmal, dass eines seiner Fenster geöffnet war. Sie lief in den Garten hinaus bis zur Hecke, die beide Grundstücke trennte, wollte nach ihm rufen. Doch dann begriff sie, dass es einen Grund dafür geben mußte, dass er nicht gleich freudestrahlend zu ihr herübergekommen war: Es sah so aus, als hätte er keinen Erfolg gehabt bei der Suche nach seiner Mutter.

„Das tut mir so leid, Linus", sagte sie leise vor sich hin.

Gerade wollte sie umkehren und zurück ins Haus gehen, als er am Fenster erschien und sie bemerkte. „Karin!"

„Laß dir Zeit, Linus", sagte sie. „Du mußt jetzt nicht darüber reden, wenn dir noch nicht danach zumute ist."

„Ich wäre sowieso gleich zu dir rübergekommen. Auch traurige Ergebnisse muß man sich von der Seele reden."

„Ich habe dir so sehr gewünscht, dass du Erfolg hast..."

„Das weiß ich, aber..." Und mit einem schiefen Lächeln fügte er hinzu: „Hast du noch einen Kaffee für mich?"

„Aber sicher, Linus, für dich immer."

Er schloss das Fenster, und Karin wußte, nun würde er kommen und ihr alles erzählen.

„Du hast dich so zuversichtlich angehört, als du mich

angerufen hast", sagte sie, als sie sich gegenübersaßen und Karin ihm Kaffee einschenkte.

Er nickte. „Ich *war* auch zuversichtlich, aber das, was ich in Wackenstein erfahren habe, hat alles wieder zunichte gemacht. Dort habe ich erfahren, dass Gabriele in jener Nacht tatsächlich gestorben ist. Die Hebamme hat mir erzählt, dass sie schwer verletzt war, als sie im St. Georgen ankam. Sie hatte schon auf dem Weg zur Klinik sehr viel Blut verloren, und obwohl man versucht hat, sie zu retten, hat sie es nicht geschafft."

„Aber was war denn da passiert?"

„Das weiß ich nicht. Entweder wussten sie es auch nicht, oder sie wollten es mir nicht sagen."

Für einen kurzen Augenblick schien er mit den Gedanken ganz weit fort zu sein. „Und dann…", wandte er sich wieder an Karin, „…dann hab ich noch etwas anderes erfahren. Nämlich, dass *Gabriele* gar nicht ihr richtiger Name gewesen ist. Man hat ihn ihr gegeben, weil man nicht wußte, wie sie wirklich hieß. Es war eine anonyme Geburt."

„Dann ist es nicht verwunderlich, dass du in Altenstede keinen Hinweis auf eine Gabriele gefunden hast."

Er nickte. „Der Name war allen völlig unbekannt."

„Es tut mir so leid, dass sie nicht mehr am Leben ist. Es wäre so schön gewesen, wenn du sie hättest treffen können."

„Aber jetzt weiß ich wenigstens, wo ich ihr Grab finden kann. Ich bin dort gewesen, Karin. Ich habe es Frau Schubert, der Hebamme zu verdanken, die in jener Nacht Dienst gehabt hat, dass ich nun zu jeder Zeit zum

Grab fahren kann, um ihr nah zu sein und mit ihr zu reden, wenn mir danach zumute ist. Frau Schubert ist auch diejenige, die sich seither immer wieder ein bisschen um die Grabstelle gekümmert hat. "

„Dann hat dir Altenstede im Grunde gar nicht so viel gebracht, wie du dir davon erhofft hattest", meinte Karin mitfühlend.

„Doch, Karin, doch! Ich bin sicher, dass meine Mutter dort gelebt hat, und zwar in diesem alten verkommenen Wagner-Haus, das jetzt schon seit über zwanzig Jahren leer steht." Er nahm einen Schluck Kaffee und starrte vor sich hin. „Oh mein Gott, wenn man einen Zauberstab hätte und sich wie im Märchen unsichtbar machen könnte, um überall hinzufliegen. Wenn man alles sehen und erleben könnte, was früher einmal gewesen ist. All das, was inzwischen vorbei und vergangen ist…" Er schüttelte den Kopf und vergrub sein Gesicht in den Händen. „Wenn man doch die Zeit zurückdrehen könnte."

Karin starrte ihn an. Nein, er wußte nicht, dass es so etwas tatsächlich gab, er *konnte* es nicht wissen. Bernd Michaelis war der einzige gewesen, dem sie den *Timeflyer* einmal vorgeführt hatte, und das hatte sie bereut. Nicht, weil er es nicht wert gewesen wäre, ein Geheimnis mit ihr zu teilen, sondern weil die Menschen im Allgemeinen einfach noch nicht soweit sind, um mit solchen Dingen umzugehen. Weder ein Bernd Michaelis noch ein Linus Wagner.

Und doch… waren nicht beide Situationen völlig unterschiedlich? Den Bernd hatte sie damals zum Staunen bringen wollen, - wahrscheinlich war sie kurz zuvor aus Karlsruhe zurückgekommen und ihr Herz war noch so voll von dem gewesen, was sie dort gesehen und erlebt hatte. Doch notwendig wäre es nicht gewesen, ihm den *Timeflyer* vorzuführen.

Bei Linus lagen die Dinge anders. Der *Timeflyer* würde ihm die Möglichkeit geben, seine Mutter kennenzulernen. Sie zu sehen und zu erleben, - so wie sie selbst immer wieder die Möglichkeit hatte, ihrem Kalle zu begegnen.

Doch sollte sie dieses kleine Wunderwerk, das ihr Dr. Weißgerber hinterlassen und anvertraut hatte, wirklich aus der Hand geben? - Andererseits…, hatte sie nicht erst kürzlich beschlossen, mit den eigenen Reisen in die Vergangenheit aufzuhören? Eines Tages würde auch sie von dieser Welt gehen und den *Timeflyer* zurücklassen müssen. War es da nicht besser, sich vorher jemanden zu suchen, dem man ihn zu treuen Händen weitergeben und den man gründlich einweisen konnte? Mit dem man alles teilen konnte, was man selbst darüber wußte?

„Linus…“

Er sah auf. „Ja?“

„Vielleicht kann ich dir helfen.“

„Wie willst du mir helfen, Karin? Du kannst Gabriele auch nicht wieder lebendig machen.“

„Vielleicht doch“, sagte sie leise. Gleichzeitig wußte sie, dass er ihr nicht glaubte. Wahrscheinlich ging er davon aus, dass ihr etwas ganz Besonderes eingefallen war, was ihm seine Mutter in irgendeiner Weise näherbringen konnte. Sie stand auf. „Warte einen Augenblick“, sagte sie und verließ den Raum. Er seufzte und goss noch einen Schluck Kaffee nach.

Als sie zurückkam, hielt sie ein kleines Leder-Etui in der Hand und legte es auf den Tisch.

„Was ist das?", fragte er neugierig.

Sie öffnete den Reißverschluss, und dann lag er vor ihnen: Der *Timeflyer*.

„Eine Uhr?", fragte er verwundert.

„Keine Uhr, Linus."

Er beugte sich über das kleine Gerät und betrachtete es genau. „Was ist es dann, wenn es keine Uhr ist?"

„Du kannst damit in der Zeit zurückgehen."

„Wie soll das funktionieren? Arbeitet es mit Hypnose?"

Karin lächelte. „Du meinst, ich kann dich damit hypnotisieren, und dann findest du dich in Altenstede wieder und siehst Gabriele? So wie sich jemand bei einer Hypnose plötzlich im Alten Ägypten wiederfindet und im Palast des Pharaos seine Vorfahren trifft?" Sie lachte kurz auf. „Nein, das hier ist etwas ganz anderes."

Er wollte danach greifen, aber sie hielt ihn am Handgelenk zurück.

„Nein, Linus. Bitte sei mir nicht böse, wenn ich überängstlich bin. Aber dieses kleine Gerät ist etwas, was es sonst nirgendwo auf der Welt gibt und was etwas möglich macht, was sich ein gewöhnlicher Mensch normalerweise gar nicht vorstellen kann."

„Aber es sieht aus wie eine Uhr."

„Es sieht so aus, ja. Aber das ist auch schon alles."

„Und was kann man nun wirklich damit machen?"

„Wie ich schon sagte: Man kann damit in der Zeit reisen."

Er sah sie misstrauisch an. „Meinst du das ernst?"

Sie nickte. „Das meine ich ganz ernst, ja. Ich habe es oft genug benutzt. Sogar noch, als ich vor kurzem das letzte Mal in Karlsruhe war. Ich werde dir zeigen, wie es funktioniert." Und dann nahm sie den *Timeflyer* vorsichtig heraus und befestigte das braune Lederband an ihrem Kaffeebecher, als ob er das Handgelenk eines Menschen wäre. Sie hatte nicht bemerkt, dass noch ein kleiner Rest Kaffee darin war.

„Nun pass gut auf, Linus, lass ihn nicht aus den Augen." Und nachdem sie an verschiedenen Rädchen gedreht und auf ein bestimmtes Hebelchen gedrückt hatte, war der *Timeflyer* mitsamt Becher plötzlich verschwunden. Von einer Sekunde auf die andere.

Linus blinzelte. „Das ist ein Zaubertrick, wie hast du das gemacht. Könnte ich das auch?"

Karin schüttelte den Kopf. „Das ist kein Zaubertrick. Vor vielen Jahren, als ich noch jung war, war ich dabei, als Dr. Weißgerber und Prof. Riechling dieses Gerät entwickelt haben. Ich habe erlebt, wie sie Schritt für Schritt aus einem, wie es anfangs schien, unförmigen, aus Metallteilen zusammengesetzten Kasten dieses kleine Ding gemacht haben. Später war ich es, die es ausprobiert und getestet hat, die unzählige Versuche für die beiden Physiker durchgeführt und protokolliert hat…"

„Es ist verschwunden. Wo ist es hin, dieses Gerät?"

„Es ist jetzt genau da, wohin ich es geschickt habe, und in wenigen Minuten wird es zurück sein."

„Und dann kannst du es woandershin schicken?"

Sie nickte. „Ich kann es überall hinschicken. Auch in die Zukunft, wenn ich das wollte. Aber wir waren nie an der Zukunft interessiert, das ist viel zu gefährlich.“

Linus war ganz benommen von dem, was er gesehen und gehört hatte. „Und was kann es tun in der Vergangenheit? Kann es etwas verändern?“

„Nein, es kann nichts verändern. Aber *du* könntest etwas tun. Du könntest mit ihm in die Vergangenheit reisen und deiner Mutter begegnen. Du könntest wirklich und wahrhaftig dort sein, wo sie lebte, genauso wie du jetzt im Augenblick hier bist…“

„Und ich könnte mit ihr reden?“

„Ja. Du könntest mir ihr reden, genauso wie du jetzt mit mir redest.“

„Karin!“ Er schüttelte den Kopf. „Dann zeig mir, wie es funktioniert, sag mir, was ich tun soll.“

„Ich werde es dir zeigen, aber du darfst nichts überstürzen. Zuerst mußt du den *Timeflyer* kennenlernen, mußt lernen, ihn wie im Schlaf zu bedienen, mußt mit allen Situationen, die auftreten könnten, fertigwerden. Das geht nicht von jetzt auf nachher. Du mußt dir einen Plan machen, wie du vorgehst, wenn du Gabriele triffst. Du darfst dir keine Fehler erlauben…“

Plötzlich war der Becher mit dem daran befestigten *Timeflyer* wieder da. Sogar der Rest Kaffee war noch drin.

„Ja, Karin, ja! Ich will lernen, mit ihm umzugehen, ich werde alles tun, was du mir sagst. Wann fangen wir an?“

Karin hatte geahnt, dass er begeistert von der Idee sein würde, den *Timeflyer* zu benutzen, wenn er erst einmal begriffen hatte, welche Möglichkeiten ihm damit offenstanden. Aber er mußte sich Zeit lassen.

„Morgen", sagte sie. „Morgen werde ich anfangen, dich Schritt für Schritt in alles einzuweisen."

„Warum erst morgen? Warum nicht schon heute? Warum nicht gleich?"

„Weil alles gut überlegt und durchdacht sein will, um Fehler zu vermeiden. Fehler könnten gravierende Folgen haben…"

„In Ordnung, Karin. Ab morgen also! Ich wünschte, es wäre schon morgen. Ich bin ganz aufgeregt, wenn ich daran denke, dass ich Gabriele mit diesem Ding treffen kann…" Karin sah, dass seine Hand zitterte.

„Eines Tages wirst du nicht mehr so aufgeregt sein und auch nicht mehr zittern. Erst dann wird der richtige Augenblick gekommen sein, um in die Vergangenheit zu reisen. Du mußt Geduld haben."

Nun saßen sie an vielen Tagen zusammen, und Karin erklärte ihm im Laufe der Zeit jedes Rädchen, jeden Knopf und jedes Hebelchen. Linus mußte nicht nur jede mögliche Einstellung kennen, sondern auch ihre Folgen. Sie rief sich die Zeit in Erinnerung zurück, als damals *sie* es gewesen war, die in die Funktionen eingewiesen wurde. Damals war der *Timeflyer* noch in der Testphase gewesen und das Team hatte nicht gewußt, welche Folgen diese oder jene Einstellung haben konnte. Inzwischen war er ihr tatsächlich so vertraut, wie eine Uhr. Insgeheim gestand sie sich ein, dass sie Linus' Anleitung länger als notwendig hinauszog, denn sie hatte Angst, den *Timeflyer* zu schnell aus der Hand zu geben und die Kontrolle über ihn zu verlieren, wenn sie die beiden auf die Reise schickte.

Doch irgendwann war es soweit, dass sie ihn nicht mehr länger hinhalten konnte, und Linus machte sich bereit für die Reise nach Altenstede und in die Vergangenheit, - gut verpackt in einem Geheimfach das kleine braune Etui mit dem *Timeflyer*. Es gab nichts mehr zu sagen, - sie konnten beide nur noch hoffen, dass das Abenteuer Erfolg haben würde.

7.

Die Reise in die Vergangenheit

Im Sommer 2027 trat Linus seine zweite Reise nach Altenstede an, und das sollte eine ganz besondere Reise werden.

Zunächst fuhr er nach Oldenburg, und von dort aus ging es weiter mit dem Bus nach Großenfehn, einer kleinen Ortschaft nur wenige Kilometer von Altenstede entfernt. Dort sollte das *Experiment Zeitreise* beginnen.

Karin hatte ihm geraten, nicht unnötig oft in der Zeit hin- und herzuwechseln, um Zwischenfälle zu vermeiden, deshalb nahm er sich vor, jede Rückkehr in seine ursprüngliche Zeit gründlich zu überlegen und nur auf wenige Male zu beschränken. Zum Beispiel wenn es etwas wirklich Wichtiges zu erledigen gab, - wie ein Anruf zu Hause bei Karin in Berlin, - oder wenn er zur Bank mußte, um seinen Geldbeutel aufzufüllen.

Als er in Großenfehn aus dem Bus gestiegen war, hatte er sich in einer Scheune versteckt, damit ihn niemand bei seinem Verschwinden und beim Wiederauftauchen in der Vergangenheit beobachten konnte. Obwohl er zusammen mit Karin einige Male getestet hatte, wie gut er den Timeflyer inzwischen beherrschte, war er doch schrecklich aufgeregt und hatte Angst, etwas falsch zu machen. Letztendlich war es dann aber doch ganz einfach. Als Ziel hatte er einen Tag im Juni

2001 gewählt. Körperlich hatte er nicht das Geringste gespürt, und zu seinem Erstaunen schien sich auch in seiner Umgebung kaum etwas verändert zu haben. Vielleicht war das Heu in der Scheune ein wenig anders aufgeschichtet, als vorher, oder aus einem Leiterwagen, der in einer der Ecken gestanden hatte, war nun ein anderer geworden, und der stand in einer anderen Ecke. Doch draußen auf der Wiese, und wenn er über das Feld schaute, bemerkte er keinerlei Veränderung. Alles war so real wie immer. Die Sonne schien und kitzelte in der Nase, ein leises Lüftchen wehte, und es roch nach Lavendel. In der Ferne hörte man einen Hund bellen...

Linus machte sich auf den Weg ins Zentrum des Dorfes, doch er kam nur langsam voran, weil er diesmal mehr Gepäck zu tragen hatte, als bei seinem ersten Besuch. Außerdem war ihm warm, obwohl er schon die Jacke ausgezogen und über den Koffer gehängt hatte.

An der Haltestelle mußte er feststellen, dass der Bus nach Altenstede bereits vor einer halben Stunde abgefahren war. Also beschloss er, sich so schnell wie möglich nach einem Taxi umzusehen. Doch eines zu finden war gar nicht so einfach.

„Gibt es hier irgendwo einen Taxistand?" fragte er einen Mann, der ihm auf dem Weg entgegenkam.

Der lachte. „Da müssen Sie in Oldenburg anrufen, damit eines kommt. - Oder warten Sie." Er zückte sein Handy. „Ich rufe den Martin Bär an, der soll eines herschicken." Und mit einem Zwinkern fügte er hinzu: „Der ist sozusagen unsere Taxi-Zentrale."

Während er auf das Taxi wartete, setzte sich Linus auf ein Mäuerchen am Wegrand und überdachte noch einmal genau, was er sich für die nächste Zeit vorgenommen hatte. Es war ein seltsames Gefühl, wenn ihm bewußt wurde, dass er sich jetzt nicht mehr in seiner eigenen Zeit aufhielt, sondern in der Vergangenheit. Um jedoch in Großenfehn eventuelle Veränderungen festzustellen, hätte er das Dorf besser kennen müssen. Dennoch... Das Wissen allein brachte sein Herz dazu, schneller zu schlagen.

Es dauerte fast eine halbe Stunde, bevor das Taxi vor ihm hielt, und als es schließlich in Altenstede ankam, war es später Nachmittag geworden. Der Fahrer schien keinen guten Tag zu haben, denn er hatte die ganze Fahrt über ein mürrisches Gesicht gemacht und geschwiegen, doch Linus war müde von der langen Reise, deshalb war es ihm recht, dass er sich nicht auf eine Unterhaltung einlassen mußte.

Erst, als sie in Altenstede ankamen, fragte der Chauffeur: „Wohin wollen Sie denn? Welche Straße, welche Hausnummer?"

„Lassen Sie mich an der Bushaltestelle raus."

Der Wagen hielt, der Fahrer half ihm, seine Gepäckstücke auszuladen und auf einer Bank abzustellen und fuhr dann wieder zurück in Richtung Großenfehn.

Als er allein war, schaute sich Linus um: Ja, es war die Bushaltestelle von Altenstede, und doch war es nicht die, die er in Erinnerung hatte. Oder kam ihm das nur so vor? Nein, sie sah tatsächlich ganz anders aus, als bei seinem letzten Besuch, denn da gab es kein Dach, das die Wartenden vor Regen schützte, und die Bank, auf der er sich nun niederließ, war alt und hätte dringend einen neuen Anstrich gebraucht. Der einzige Hinweis darauf, dass es sich um eine Haltestelle handelte, war eine gelbgrün-lackierte Eisenstange, die neben der Bank im Boden steckte, mit einem großen „H" am oberen Ende.

War es nicht meistens so, dass sich Orte zu ihrem Vorteil verändert hatten, wenn man sie nach einigen Jahren wieder besuchte? - Diesmal war es jedoch umgekehrt, denn er war ja in die Vergangenheit gereist. Das hübsche, bunte Dörfchen von damals war nun ein ganz anderes. Die niedrigen Häuschen aus roten Klinkersteinen wirkten langweilig und fade, und Linus fand heraus, dass es die vielen Blumen waren, die, im Gegensatz zu seinem früheren Besuch, nun fehlten. Auch die Grünanlage von gegenüber gab es noch nicht. Der Bürgermeister oder Ortsvorsteher schien keinen Wert auf ein hübsches und adrettes Aussehen seines Dorfes zu legen, wie seine späteren Nachfolger.

Das Gasthaus *„Zum Krug"* auf der anderen Straßenseite hatte es allerdings auch in der Vergangenheit schon gegeben. Von außen sah es nicht sehr einladend aus, an der Fassade hätten dringend ein paar Renovierungsarbeiten vorgenommen werden müssen. Sogar das Grünzeug in den Kübeln rechts und links vom Eingang war grau, weil sich schon lange niemand mehr darum gekümmert hatte.

Linus schleppte seine Sachen hinüber auf die andere Straßenseite und öffnete die Tür zur Schankstube. Im ersten Augenblick glaubte er, sich geirrt zu haben. Alles sah anders aus: Die Theke stand jetzt am entgegengesetzten Ende, das Mobiliar war alt und die Plüschbezüge der Stühle und Bänke abgesessen und unansehnlich.

Und es gab keine Jette, die für die Handvoll anwesender Gäste das Bier zapfte.

„Ist es möglich, dass ich bei Ihnen ein Zimmer bekomme?", fragte er den hageren Mann hinter der Theke, der ihm mißtrauisch entgegenschaute.

„Für wie lange denn?"

„Schon ein paar Tage, ich weiß es noch nicht so genau", antwortete Linus, während er sein Gepäck auf einer der Polsterbänke abstellte und sich dann daneben ans Fenster setzte. Eigentlich hatte er nicht vor, sich für längere Zeit im Gasthaus ein Zimmer zu nehmen. Falls notwendig konnte er später versuchen, sich privat bei einem der Dorfbewohner einzuquartieren.

Der Mann brachte ihm den Schlüssel. „Nr.3. Die Treppe rauf und dann links", sagte er.

Linus nickte, das letzte Mal hatte er im Zimmer 1 auf der anderen Seite des Flures übernachtet.

Während er sein Bier trank, das ihm der hagere Mann gebracht hatte, beobachtete er die Menschen draußen auf der Straße. Da war nichts zu sehen von dem adretten Straßenbild, vom Fortschritt, von der Erinnerung an die Blumenpracht, die er damals so sehr bewundert hatte...

Er sah, dass sich ein paar Meter weiter die Straße hinunter einige Männer zu einem kleinen Protestmarsch zusammengefunden hatten. Sie schimpften, schrien und fuchtelten mit den Armen.

„Was ist da los?", fragte Linus den hageren Mann, der neben ihn ans Fenster getreten war. „Worüber regen sie sich denn so auf?"

„Sie wollen gegen den Ortsvorsteher vorgehen, weil er nichts für unser Dorf tut. Sollte er tatsächlich Gelder von oben bekommen, dann gibt er sie an anderer Stelle aus, wo es den Einwohnern nichts bringt."

Linus nickte. „Da wäre wirklich noch einiges zu tun", meinte er. „Entweder sollten sie so schnell wie möglich einen anderen Ortsvorsteher wählen, oder jeder einzelne aus dem Dorf müsste eben selbst etwas dafür tun, dass es ein bisschen hübscher wird."

Der Hagere brummte vor sich hin. Wahrscheinlich sagte er sich, dass das einen Fremden nichts anging, und dass er nicht das Recht hatte, mitzureden. „Wir können die Straßen nicht selbst reparieren und all das, was nötig wäre."

Linus lächelte. „Das nicht, aber mit ein paar Blumen könnte jeder etwas dafür tun, dass es ein bisschen netter aussieht."

Der Hagere lachte auf. „Blumen!", meinte er abfällig. Dann besann er sich darauf, dass Linus sein Gast war. „Besuchen Sie jemanden hier?", wechselte er das Thema, aber Linus schwieg, er hatte nicht vor, ihm zu verraten, weshalb er hergekommen war.

Inzwischen war die Sonne dabei, unterzugehen und allmählich begann es, dämmrig zu werden. Die weite Reise hatte Linus müde gemacht, - viel zu müde für ein ausgiebiges Abendbrot. Obwohl er den ganzen Tag über nicht viel zu sich genommen hatte, wollte er vor dem Schlafengehen nur eine Kleinigkeit essen.

„Bratkartoffeln? Spiegelei?", schlug der Wirt vor.

Linus schüttelte den Kopf. „Nein, nein, heute nicht. Vielleicht ein Wurstbrot."

Danach bestellte er noch ein Bier, und als er das getrunken hatte, griff er nach dem Schlüssel, brachte sein Gepäck nach oben und beschloss, früh zu Bett zu gehen. Er wollte ausgeschlafen und fit sein, für alles Neue und Aufregende, was am nächsten Tag auf ihn zukam.

8.

Auf der Suche nach Gabriele

Am nächsten Morgen nach dem Frühstück machte sich Linus auf den Weg zum Wagner-Haus. Es kam ihm gar nicht mehr so weit abgelegen vor wie damals. Das mochte daran liegen, dass die Straße dorthin diesmal weder holprig noch zugewachsen, sondern breit und eben war, und weil, wie es aussah, auch Autos und landwirtschaftliche Fahrzeuge hin und wieder diesen Weg benutzten.

Und dann sah er es vor sich: Das Wagner-Haus!

Oh mein Gott, dachte er, wie schön es war! Ihm war, als griffe eine Hand nach seinem Herzen. Er blieb stehen und vergaß fast zu atmen.

Am Geländer des Balkons, der sich über die ganze Vorderfront zog, blühten Geranien in verschiedenen Rottönen, die Balken vom Fachwerk waren dunkel gebeizt und bildeten einen schönen Kontrast zu dem leuchtendweiß gestrichenen Putz dazwischen. Der Garten wurde von einem halbhohen, ebenso dunkel gebeizten Zaun umschlossen, und während Linus noch dastand, und sich nicht sattsehen konnte, bemerkte er, dass sich hinter dem Zaun etwas bewegte. Hin und wieder kam ein dunkler Kopf herauf und verschwand dann wieder.

Er schaute genauer hin. Da arbeitet jemand im Garten, dachte er und lief ein paar Schritte darauf zu.

Und auf einmal hielt dieser Jemand inne, beugte sich nicht mehr hinunter, sondern starrte über den Zaun hinweg zu ihm herüber. Es war eine junge Frau, mit hochroten Wangen vom vielen Bücken. Das dunkle Haar war ursprünglich aufgesteckt gewesen, doch die Spangen konnten es nun wohl nicht mehr halten, und ein paar Strähnen fielen ihr ins Gesicht. Sie fuhr sich mit der Hand über die Stirn, während die braunen Augen mißtrauisch auf ihn gerichtet waren. Zwischen den Augenbrauen hatte sich sogar eine kleine ärgerliche Falte gebildet.

„Was machen Sie da?", fragte sie ihn streng.

Er hob die Schultern. „Nichts, das sehen Sie doch." Er ging einen weiteren Schritt auf sie zu.

„Das ist Privatbesitz, Sie haben hier nichts zu suchen."

Er lachte. „Ich suche doch auch gar nichts. Ich habe mir nur das Häuschen ein bisschen näher angesehen. Es ist sehr hübsch."

„Schön, dass es Ihnen gefällt, aber dann können Sie ja jetzt wieder gehen."

Er lächelte. Sie konnte ja nicht wissen, dass er tatsächlich etwas suchte, oder besser gesagt: Jemanden. Ob sie ihm eine Antwort hätte geben können, wenn er sie nach Gabriele gefragt hätte? Aber nein, Gabriele war ja nicht ihr richtiger Name gewesen.

Linus betrachtete die junge Frau eingehend, obwohl ihr das gar nicht zu gefallen schien. Wer mochte sie sein? In welchem Verhältnis stand sie zu den Wagner-Schwestern? Dem Alter nach konnte sie eine jüngere Schwester von Vater oder Mutter Wagner sein, dachte er. Eine Verwandte, die sich bereiterklärt hatte, den drei Mädchen so kurz nach dem Tode der Eltern zu helfen.

„Warum sind Sie denn so unfreundlich?", fragte er sie, „ich nehme Ihnen doch nichts weg."

Sie fuhr sich noch einmal mit dem Handrücken über die feuchte Stirn. „Das würde ich Ihnen auch nicht raten."

Er hatte gesehen, dass sie verschiedenes Gemüse im Garten geerntet und in einem Korb abgelegt hatte: Möhren, Kohlrabi, ein paar Stangen Porree…

„Was gibt's denn heute zu Mittag?", fragte er. „Sieht nach einem guten Eintopf aus." Er lachte wieder, aber gerade das schien sie noch mehr zu ärgern.

„Wenn Sie die Straße noch weitergehen wollen, dann bitte schön, daran kann ich Sie nicht hindern, aber treiben Sie sich nicht länger hier auf dem Grundstück herum." Sie nahm ihren Korb und ging ins Haus, doch er war überzeugt davon, dass sie ihn noch eine Weile durchs Fenster beobachten würde.

Vielleicht hätte er sie einfach fragen sollen, wer sie war, sagte er sich. Dann wandte er sich um und lief langsam und gemächlich wieder in Richtung Dorf zurück. Schließlich musste er ja nicht alles am ersten Tag herausfinden, - Rom hatte man auch nicht an einem Tag erbaut.

Die Kirchenglocken läuteten gerade zwölf Uhr, als er die ersten Häuser vom Dorf erreichte. Er war noch so in Gedanken, dass er die Gruppe halbwüchsiger Jungen erst bemerkte, als ihm ein Fußball direkt vor die Füße rollte. Instinktiv holte er mit dem rechten Bein aus und…, kickte ihn zu ihnen zurück… Es folgten ein Schrei, ein Fluch und ein Geräusch, das sich anhörte, als ob etwas in sich zusammenstürzte. Er hatte keine Ahnung, was das gewesen sein konnte.

Danach war es sekundenlang still.

Als er sich umschaute, sah er, wie jemand versuchte, sich von einem Fahrrad zu befreien, das über ihm lag. Sein Schuss hatte das Rad in einer Wegbiegung erwischt, er hatte es nicht kommen sehen.

Eine Schrecksekunde lang blieb er stehen, dann rannte er zu dem demolierten Fahrrad, unter dem nun ein Mädchen hervorkroch.

„Verdammt noch mal, du Idiot, kannst du denn nicht aufpassen?" schimpfte es.

„Tut mit leid", stammelte Linus, indem er das Rad in die Höhe hob und feststellen mußte, dass es ziemlich verbogen war.

„Es tut dir leid?", spottete das Mädchen. „Und damit ist's getan? Und was ist mit den Eiern?"

Erst jetzt sah Linus den Plastikbehälter vorn am Lenker, dessen Boden nun mit einer Schicht zerschlagener Eier bedeckt war.

„Oh mein Gott, das wollte ich nicht. Das tut mir wirklich leid", wiederholte er. „Die Eier werde ich dir natürlich bezahlen."

„Und was ist mit den Leuten, die darauf warten?"

„Ihr hab doch sicher einen Supermarkt in Altenstede, in dem's auch Eier zu kaufen gibt, oder?"

Das Mädchen zog ein Gesicht. „So einfach ist das also für dich? - Sag das mal Lorie."

„Wer bist du eigentlich?" fragte Linus, um das Opfer von dem, was passiert war, ein bisschen abzulenken.

Doch es kam keine Antwort, indes rieb das Mädchen ihr linkes Knie, wo sich an einer abgewetzten Stelle an den Jeans ein kleiner roter Fleck bildete.

Inzwischen waren auch die Jungen herübergekommen. „Sie heißt Melanie", sagte einer von ihnen und wies in die Richtung, aus der Linus gerade gekommen war. „Sie ist von dort hinten, vom Wagner-Haus."

Nun sah Linus sie sich ein wenig genauer an, er schätzte sie auf etwa fünfzehn. Demnach mußte sie die Jüngste der Wagner-Schwestern sein. Sie sah nett aus mit dem Pony, dem Pferdeschwanz und den winzig kleinen Sommersprossen über der Nase. Obwohl sie ihn im Augenblick nicht gerade nett ansah. Doch dazu, das mußte er zugeben, hatte sie schließlich auch keinen Grund.

Er ging einen Schritt auf sie zu. „Was ist mit deinem Knie? Das blutet ja."

„Ach, hast du das auch schon bemerkt?" Sie funkelte ihn böse an.

„Ich mach dir einen Vorschlag", sagte er. „Ich helfe dir, dein Rad nach Hause zu bringen, und dann reden wir in Ruhe darüber, wie ich den Schaden wieder gutmachen kann."

Sie gab ihm keine Antwort.

„Einverstanden?", hakte er nach.

„Von mir aus."

Er hob das Rad auf, es eierte und war schwer zu lenken, obwohl er noch einmal versuchte, es ein bisschen gerade zu biegen. Gleichzeitig amüsierte es ihn, dass nicht nur das Rad eierte, sondern dass auch die aufgeschlagenen Eier im Plastikbehälter ‚eierten‘, - sprich: hin- und herschwappten.

„Ach, das findest du auch noch lustig?", schleuderte sie ihm entgegen. Er hob die Hand und versuchte, ein ernstes Gesicht zu machen „Nein, nein, wirklich nicht." Am liebsten hätte er den Inhalt des Behälters irgendwo am Straßenrand ausgeschüttet, doch damit hätte er das Mädchen wahrscheinlich noch mehr verärgert.

‚Das hast du ja großartig gemacht, Linus Wagner‘, sagte er zu sich selbst. ‚Gleich am ersten Tag hast du dich von deiner schlechtesten Seite gezeigt. Jetzt sieh zu, wie du das wieder in Ordnung bringst.‘

Allerding…, konnte es nicht vielleicht sogar von Vorteil sein, so früh und auf so drastische Weise mit den Wagner-Schwestern in Kontakt zu kommen, anstatt zuerst einmal eine Zeitlang neugierig um sie herumzuschleichen, wie er das eigentlich vorgehabt hatte? Je früher er sie kennenlernte, desto schneller erfuhr er wahrscheinlich auch etwas über Gabriele.

Trotz allem war er nicht ganz zufrieden damit, wie es gelaufen war. Zu diesem Zwischenfall hätte es nicht kommen müssen, wenn er ein bisschen besser aufgepasst hätte. Doch daran war nun nichts mehr zu ändern.

Dennoch…, er spürte sein Herz bis in den Hals hinein klopfen, wenn er sich vor Augen führte, wo er sich im Augenblick gerade befand: Nicht einfach nur in Altenstede, sondern im Altenstede im Jahre 2001, und das dank des kleinen *Timeflyers*, den ihm Karin mitgegeben hatte. Instinktiv griff er an sein linkes Handgelenk, wo er das Wunderding unter dem Ärmel seiner Jacke fühlte. Die Vorstellung, dass er sich jetzt in einer völlig fremden Realität befand, dass er in dieser Zeit eigentlich noch gar nicht geboren war, ließ ihn erschauern, und er spürte, wie sich die Härchen an seinen Armen aufstellten. Andererseits, - obwohl er erst am Tag zuvor angekommen war, war er schon erstaunlich erfolgreich gewesen: Er hatte das Wagner-Haus gesehen, hatte eine Verwandte der Mädchen getroffen und mit ihr geredet, und er hatte die Jüngste der Schwestern, die kleine kesse Melanie kennengelernt.

„Komm, warten wir nicht lange, dein Knie muß verpflastert werden," sagte er zu ihr und fing an, das Rad auf den Weg in Richtung Wagner-Haus zu schieben.

Melanie folgte ihm mürrisch, er bemerkte, dass sie ein wenig humpelte. „Lorie reißt dir den Kopf ab," sagte sie.

„So leicht ist der nicht abzureißen", antwortete er, mußte aber lächeln, weil er feststellte, wie groß ihr Respekt vor besagter Lorie zu sein schien.

„Wer bist du eigentlich?", fragte sie ihn, als sie ein paar Meter gelaufen waren.

„Sagen wir mal, ein Feriengast, der seinen Urlaub eigentlich in Ruhe und Frieden auf dem Land verbringen möchte."

„Hast du auch einen Namen?"

„Ich heiße Wagner. Linus Wagner", antwortete er, hob aber schnell die Hand, bevor sie etwas dazu sagen konnte. „Ich hab grad von den Jungs erfahren, dass ihr auch Wagner heißt, aber nein, nein, das ist purer Zufall. Ich bin *nicht* mit euch verwandt."

„Und wie war gleich dein Vorname?"

„Linus.“

Sie blieb stehen. „Das ist aber ein seltsamer Name, den habe ich noch nie gehört. Woher kommst du denn?“

Er lief einfach weiter. „Aus Berlin.“

Sie folgte ihm. „Aus Berlin? Und dann machst du Urlaub hier in Altenstede?“

Er hob die Schultern. „Ja, warum nicht?“

„Das versteh‘, wer will. Warum ausgerechnet in Altenstede?“

„Das frag ich mich inzwischen auch. War vielleicht ein Fehler, dass ich hergekommen bin.“

„Aber du musstest doch einen Grund gehabt haben.“

„Das sagte ich doch schon: Ich hatte das Großstadtleben einfach satt und wollte einen ruhigen Urlaub auf dem Land verbringen.“

„Aber Landleben gibt’s doch auch um Berlin herum. Warum gerade Altenstede. Das ist doch weit weg von Berlin, und was Besonderes ist es auch nicht.“

„Da hast du recht“, meinte er, gab ihr aber keine Antwort auf ihre Frage.

Als sie beim Wagner-Haus ankamen, war niemand mehr zu sehen oder zu hören, die Fremde aus dem Garten war verschwunden. Er lehnte das Rad an den Zaun.

„Was hast du jetzt vor?“, fragte er Melanie. „Willst du zuerst dein Knie verarzten, oder lässt du vorher das Donnerwetter von der gestrengen Lorie über dich ergehen?“ Bevor sie ihm antworten konnte, kam die besagte junge Frau auch schon aus dem Haus, - es war genau die, die Linus vorher schon im Garten gesehen hatte. War das Lorie? Aber wer war sie? Wie stand sie zu den Wagners

„*Sie* schon wieder!", meinte sie, als sie Linus erkannte.

„Er ist schuld," fuhr Melanie erklärend dazwischen.

„Woran ist er schuld?"

„Dass das Fahrrad kaputt ist. Und die Eier."

„Die Eier?"

„Er hat mich mit einem Fußball vom Rad gekickt. Ich konnte nichts machen."

Anstatt sich bei Linus zu beschweren, schimpfte sie das Mädchen aus. „Hast du denn nicht aufpassen können? Wo hast du denn nur wieder deine Gedanken gehabt."

„Es war wirklich meine Schuld", versicherte ihr Linus und stellte sich vor das Mädchen. „*Ich* war es, der so in Gedanken gewesen ist." Und um das strenge Gesicht der jungen Frau ein wenig aufzuheitern, fügte er mit einem Zwinkern hinzu: „Ich hatte gerade darüber nachgedacht, welche Art von Eintopf es heute wohl bei Ihnen geben mag, nach dem, was sie in Ihrem Körbchen eingesammelt haben: Möhren, Kohlrabi, - Porree war auch dabei, stimmt's? Gibt's Würstle dazu, oder ein Stück Rindfleisch?"

Doch die Angesprochene blieb ernst, obwohl sich sogar Melanie ein Grinsen nicht verkneifen konnte.

„Sei nicht böse, Lorie. Im Grunde konnte er auch nichts dafür. Es waren die Jungs, die ihm den Ball vor die Füße geschossen haben…"

„Dass die Eier kaputt sind, tut mir leid, ich werde Ihnen das Geld dafür geben."

Sie ignorierte seine Entschuldigung. „Mellie, dann fahr du vor dem Essen noch schnell in den Markt und kauf Ersatz. Dreißig müssten reichen, oder? Wieviel sind denn überhaupt kaputt? Die Leute rechnen doch damit, dass sie sie heute kriegen, wir können sie nicht einfach hängenlassen.“

„Aber mein Fahrrad ist hinüber…“

„Dann nimm halt meins“, sagte die Ältere.

Linus ging einen Schritt auf Melanie zu und zückte sein Portemonnaie. „Ich bezahle den Schaden natürlich. Dreißig Eier, wieviel kosten die denn?“

Die gestrenge Lorie schüttelte den Kopf. „Darüber reden wir später.“ Sie ging ins Haus und kam mit einer kleinen Geldbörse zurück, die sie Melanie in die Hand drückte.

„Vielleicht sollten Sie zuerst Melanies Knie versorgen“, schlug Linus vor, „es blutet.“ Doch Lorie winkte ab und machte dem Mädchen ein Zeichen, endlich loszufahren. „Dazu ist nachher noch Zeit. So schnell wird sie sich keine Blutvergiftung holen.“

Während Melanie mit einem Ersatz-Fahrrad aus dem Schuppen kam und losradelte, hatte Lorie das demolierte Fahrrad am Zaun lehnen sehen und ging darauf zu. „Wieviel Eier sind denn kaputt?“, fragte sie noch einmal.

Linus zuckte die Schultern. „Keine Ahnung, wir haben sie nicht gezählt.“

Sie hob spöttisch ihre Mundwinkel, griff nach dem Behälter und trug ihn vorsichtig ins Haus. Und Linus fragte sich, ob es nach dem Eintopf zu Mittag nun vielleicht Rührei zum Abendbrot gab.

„Ich werde morgen früh kommen und das Fahrrad wieder in Ordnung bringen", rief er ihr nach.

Sie schien ihm nicht zuzutrauen, dass er das konnte, denn sie blieb stehen, musterte ihn amüsiert von oben bis unten und meinte: „Versuchen können Sie's ja. Wenn's nicht klappt, kann's immer noch der Fred machen."

„Ist das Ihr Freund, der Fred?"

Sie lachte auf. „Gott bewahre", meinte sie nur, dann verschwand sie im Haus und ließ den fremden Besucher einfach stehen.

Linus überlegte, ob er das Fahrrad noch am selben Nachmittag reparieren sollte, oder erst am nächsten Morgen. Ehrlich gesagt, das ging ihm alles ein bisschen zu schnell. Eigentlich hatte er sich Zeit lassen und Schritt für Schritt ein bisschen etwas über die Schwestern herausbringen wollen. Er überlegte, ob er zurück ins Dorf gehen sollte, da gab es schließlich auch noch einiges, was in Altenstede anders war seit seinem letzten Besuch und was noch zu erkunden wäre… Ein Gespräch mit der alten Rahel könnte zum Beispiel sehr interessant sein, sagte er sich, zumal sie jetzt mitten im Leben stand und ihm vielleicht über vieles Aufschluss geben könnte. Doch es war, als hielt ihn etwas im Hof der Wagners fest.

Als Melanie vom Supermarkt zurückkam, saß er auf der Bank neben der Haustüre, und sie wunderte sie sich, dass er immer noch da war.

„Hat sie dir noch nicht gesagt, wieviel sie für die Eier haben will?" fragte sie ihn. Er schüttelte den Kopf.

„Naja, wir verlangen dreißig pro Ei, aber unsere sind auch gut, weil die Hühner gutes Futter bekommen. Die im Supermarkt haben nur fünfundzwanzig gekostet.“

„Gut, dann gebe ich dir neun Euro für die dreißig.“ Er wies mit einer Kopfbewegung in Richtung Haus. „Damit müsste sie zufrieden sein, oder?“

Sie hob die Schultern. „Ja, ich denke schon.“

„Wer ist sie eigentlich?“, wollte er wissen, „ist sie eine Tante von dir?“

„Wer? Lorie?“

„Ja.“

Sie fing an zu lachen, als wollte sie gar nicht mehr aufhören. „Aber nein, sie ist meine Schwester.“

„Deine Schwester?“

„Ja, unsere älteste Schwester. Sie hat letzten Monat Geburtstag gehabt und ist zweiundzwanzig geworden. Und das lässt sie uns nun jeden Tag spüren. Silvie und mich. “

Linus war erschrocken. Er konnte nicht recht einordnen, was er da eben erfahren hatte. Er hatte gehört, die Mädchen seien vierzehn, sechzehn und achtzehn, und irgendwie war er nun enttäuscht. Wenn Lorie die älteste der Schwestern war, mußte *sie* Gabriele sein. Er hatte sie sich ganz anders vorgestellt. Jünger, hübscher und einfühlsamer. So, wie man sich eben seine Mutter vorstellt, wenn man sie nie kennengelernt hat. Auf keinen Fall aber so burschikos und streng wie Lorie. Gab es da vielleicht noch eine vierte Schwester?

„Und Silvie ist auch eine Schwester von dir?“

„Ja, sie ist die Mittlere von uns Dreien. Sie arbeitet im

Büro des Ortsvorstehers und kommt erst gegen fünf Uhr nach Hause.“

„Und eine vierte Schwester gibt es nicht?“

Sie lachte wieder. „Nein, zum Glück nicht, die beiden reichen mir.“

Linus zückte nun erneut sein Portemonnaie und hielt ihr einen Zehner hin. „Reicht das?“, fragte er. „Ich möchte nämlich jetzt gehen. Deiner Schwester bin ich eh‘ schon ein Dorn im Auge.“

Das Mädchen nahm das Geld. „Der ist jeder ein Dorn im Auge, vor allem jetzt, seit wir allein sind. Das heißt, ohne unsere Eltern.“

„Wieso?“ Linus stellte sich dumm. „Was ist denn mit euren Eltern?“

„Sie sind Anfang des Jahres gestorben.“

„Beide?“

Sie nickte. „Ja, beide. Sie sind mit einem Reisebus verunglückt.“

„Oh, das tut mir leid.“ Er wußte nicht, ob er weitere Fragen stellen sollte, oder ob sie von selbst mehr erzählen würde.

„Sie haben ihr ganzes Leben lang gearbeitet und gespart, und jetzt, wo wir Kinder groß sind und sie sich endlich mal was gönnen konnten…“

„Sie hatten eine Busreise gebucht?“

„Ja, in den Schwarzwald.“

Linus wußte nicht, was er dazu sagen sollte, zumal er sah, wie sehr dem Mädchen die Erinnerung zusetzte.

„Ich kann mir vorstellen, wie schwer ihr es jetzt habt, ganz alleine.“

„Naja, Lorie macht das im Grunde recht gut. Sie ist eigentlich kein Drachen, sie gibt sich nur dauernd verdammt viel Mühe, nichts falsch zu machen. Und das ist nicht immer einfach für sie. Und für uns auch nicht."

Im gleichen Augenblick hörte man Lorie aus dem Inneren des Hauses rufen: „Komm, Mellie, das Essen steht auf dem Tisch. Beeil dich, du mußt noch die Eier ausliefern."

„Lass sie nicht warten," sagte Linus. „Morgen früh komme ich und schau mir das Rad an. Es wäre doch gelacht, wenn ich es nicht wieder hinkriegen würde."

„Na, hoffentlich. Ohne mein Fahrrad bin ich nämlich aufgeschmissen."

Sie lachte, als sie in Richtung Haus ging, dann hob sie die Hand. „Also dann, bis morgen früh", rief sie zurück.

Linus sah ihr nach und atmete tief durch.

‚Eigentlich…', dachte er ‚ja, eigentlich kann ich, trotz des kleinen Unfalls, mit diesem Tag recht zufrieden sein. Ich habe Gabriele, meine Mutter gefunden, auch wenn sie ganz anders ist, als ich sie mir vorgestellt habe. Aber bestimmt ist sie kein schlechter Mensch. Ich habe also gar keinen Grund, enttäuscht zu sein.'

9.

Die Wagner-Mädchen

Der nächste Tag war nun schon der dritte Tag, den er sich in Altenstede aufhielt, - im Altenstede der Vergangenheit.

Linus war früh aufgestanden, weil er nicht mehr schlafen konnte, nachdem die ersten Erinnerungen an den Vortag auf ihn eingestürmt waren. Der Gedanke, dass er Gabriele, seine Mutter gefunden hatte, - und Lorie *mußte* seine Mutter sein, - versetzte ihn erneut in Aufregung. Sie war eine starke junge Frau, die ihr Schicksal und das ihrer jüngeren Schwestern fest in die Hand genommen hatte, und Linus begann, Bewunderung für sie zu empfinden und stolz auf sie zu sein. Und er wollte ihr zeigen, dass auch sie stolz auf ihn sein konnte, obwohl sie niemals erfahren würde, wer sich hinter dem fremden jungen Mann verbarg, der so urplötzlich in ihre Familie hineingeschneit war.

Als er im Wagner-Haus ankam, waren Melanie und Silvia gerade dabei, in der Laube an der Giebelseite des Hauses den Frühstückstisch zu decken.

„Das ist er, das ist Linus," wurde Silvia von Melanie aufgeklärt, als sie ihn kommen sahen. Sie kicherten, er vermutete wegen seines Namens, doch er ließ sich nicht beirren und streckte ihr die Hand entgegen. „Du bist also die dritte im Bunde", lachte er.

Sie lachte mit. „Genaugenommen die zweite, Mellie ist die Ditte. Ich habe schon viel von dir gehört: Fahrrad kaputt, Eier kaputt, und jetzt willst du retten, was noch zu retten ist."

Auch Silvia war ein hübsches Mädchen, mit braunen Locken, die sie im Nacken zusammengebunden hatte. Ein paar Jahre älter als Melanie, aber doch ganz anders als sie. Und auch anders als Lorie, die gerade mit dem dampfenden Kaffee um die Hausecke kam.

Sie stutzte, als sie Linus sah, doch bevor sie etwas sagen konnte, lachte er ihr mit erhobenen Händen entgegen. „Ja, ja, *der* schon wieder. Sie werden mich einfach nicht so schnell wieder los."

Da sie gewußt hatte, dass er kommen würde, um sich um das Fahrrad zu kümmern, war sie an diesem Morgen ein bisschen freundlicher zu ihm. Sie lächelte sogar ein wenig.

„Mellie, geh und hol noch einen Becher für ihn, wenn er nun schon mal da ist." Und mit einem Kopfnicken bot sie ihm Platz am Tisch an.

Linus' Gedanken überschlugen sich, als er schließlich zwischen ihnen saß, als ihm Silvia Kaffee einschenkte und Melanie ihm den Korb mit den Brötchen hinhielt.

„Nein danke, ich hab schon gefrühstückt", sagte er, „aber einen Kaffee nehme ich gern."

Es machte ihm Mühe, sich auf ihre Unterhaltung zu konzentrieren und ihnen auf ihre Fragen zu antworten, er mußte sie immer und immer wieder ansehen: Melanie, die Jüngste und die hübsche Silvia, an deren Grab er erst vor nicht allzu langer Zeit gestanden hatte und von der er wußte, dass Rainer Moser sie bis über den Tod hinaus lieben würde. Und dann Lorie, seine Mutter, über die er so viele schmerzvolle Dinge gehört hatte. Es fiel ihm schwer, nicht immer wieder daran zu denken und sie nicht dauernd anzustarren.

Es war keine große Sache für ihn, das Fahrrad zu reparieren, er war von jeher sehr geschickt in solchen Dingen gewesen. Bei dieser Gelegenheit bat ihn Melanie, auch nach dem Gepäckträger zu sehen, der schon seit Wochen nicht mehr richtig funktionierte, und dann kam sie noch mit einer neuen Klingel, die sie gekauft hatte, weil sie den Ton der alten schon lange nicht mehr mochte.

Obwohl Lorie ihrer Arbeit nachging, - sie hantierte im Garten, hängte Wäsche auf oder verschwand kurz in der Küche, - merkte Linus doch, dass sie ihn unaufhörlich beobachtete und kaum aus den Augen ließ. Das amüsierte ihn, und am liebsten hätte er sie gefragt, ob sie mit ihm genauso zufrieden sei, wie sie es mit besagtem Fred gewesen wäre.

Gerade gab er dem Fahrrad den letzten Schliff, als Melanie neben ihm stehenblieb und zu Lorie hinüberrief: „Eigentlich könnte er doch auch den Zaun reparieren, wo er schon mal hier ist. Du weißt schon, das Loch hinter dem Haus, vor das wir immer eine Kiste stellen müssen, damit die Hühner nicht das Weite suchen.“

„Mellie!“, rief Lorie streng zurück, doch noch strenger war der Blick, mit dem sie ihre jüngste Schwester ansah. „Was fällt dir ein, so etwas vorzuschlagen. Du kannst doch nicht einfach über die Zeit anderer Leute bestimmen. Er wird gewiss Besseres zu tun haben, als bei uns alles, was kaputt gegangen ist, wieder in Ordnung zu bringen.“

„Wieso? Um das Fahrrad hat er sich doch auch gekümmert.“

„Das ist was anderes, daran hat er sich wahrscheinlich eine gewisse Mitschuld gegeben. An unserem Zaun ist er aber unschuldig.“

„Trotzdem wär’s doch schön, wenn er ihn reparieren könnte, oder?“

Lorie schüttelte den Kopf, während sie ein weiteres Stück Wäscheleine spannte. „Dann frag ihn doch, wenn’s dir nicht zu peinlich ist.“

Linus mußte lachen, weil die beiden so ungeniert über ihn sprachen, als sei er gar nicht da, und er war neugierig, ob Melanie ihn wirklich fragen würde.

„Linus, du hast’s gehört, würdest du…?“

Er lachte noch immer, nickte aber. „Wenn’s nur ein Loch ist und nicht der ganze Zaun, der erneuert werden muß…“

„Nein, nein, es nur so groß, dass gerade mal ein Huhn durchpaßt. Oder zwei.“

„Ich glaube, das kann ich schaffen.“

Melanie warf Lorie einen triumphierenden Blick zu. „Siehst du! Er macht’s.“ Und an Linus gewandt fügte sie hinzu: „Früher hat das alles unser Papa gemacht, weißt du? Da haben wir es gar nicht mitgekriegt, wenn was kaputt war. Aber jetzt, wo wir alleine sind…“

Es wurde spät an diesem Tag, und als Linus beschloss, sich auf den Heimweg ins Gasthaus *Zum Krug* zu machen, war er zufrieden mit sich und dem, was er für die Mädchen erledigt hatte. Er hatte auch das Loch im Zaun hinter dem Hühnerstall repariert, was sich als gar nicht so einfach erwiesen hatte, weil es an Maschendraht gefehlt hatte und er aus einzelnen Holzlatten eine Art Verschluss zimmern mußte.

Melanie und Silvia waren immer wieder gekommen, um ihm eine Weile über die Schulter zu schauen, und Lorie hatte ihm zwischendurch sogar einen Teller mit belegtem Brot auf den Gartentisch gestellt und ihn gefragt: „Möchten Sie ein Bier, oder trinken Sie lieber Kaffee?"

Er hatte kurz aufgesehen und die Achseln gezuckt. „Das ist mir egal."

„Mir auch", hatte Lorie erwidert. „Es gibt grad frischen Kaffee. Aber wir haben auch Bier da, wenn Sie mögen. Unser Vater hatte es nie so mit dem Kaffee, dem war ein kühles Bier allemal lieber."

Linus mußte an Karin denken, an die Stunden, die er mit ihr schon beim Kaffee zusammengesessen und über Gott und die Welt geredet hatte. Er dachte, dass er gern auch mit Lorie zusammensitzen und über Gott und die Welt reden würde, aber dafür waren sie einander noch zu fremd. Allerdings..., hatte es nicht den Anschein, als wäre mit dem heutigen Tag wenigstens ein kleiner Anfang gemacht? Hatte sie ihn nicht ganz offensichtlich ein bisschen freundlicher behandelt, als noch am Tag zuvor?

„Kaffee wäre in Ordnung", hatte er geantwortet, ohne seine Arbeit zu unterbrechen, und dann hatte sie ihm einen Becher Kaffee gebracht und neben den Vesperteller auf den Tisch gestellt. Einen Augenblick lang hatte sie sich sogar auf einen der Stühle gesetzt und ihm zugeschaut.

Er hätte ihr gern etwas Nettes gesagt, denn er hatte Mitleid mit ihr, weil ihr anzusehen war, wie müde und abgespannt sie war. Er fand, dass Melanie und Silvia ihr ein bisschen mehr zur Hand gehen sollten, doch er sagte nichts, weil er wußte, dass es ihn nichts anging, wie sie die Arbeit untereinander aufteilten.

Später, als Lorie gekommen war, um das Geschirr wieder abzuholen, - er legte gerade das Werkzeug zurück in den dazugehörenden Kasten, der ursprünglich einmal dem Vater Wagner gehört hatte, - sagte er zu ihr: „Ich werde noch eine Weile in Altenstede bleiben, ich wohne solange im *Krug*. Wenn es noch etwas für mich zu tun gibt, wenn ich euch noch bei irgendetwas behilflich sein kann, dann sagt mir einfach bescheid. Ich komme gern.“

Lorie seufzte. „Danke, Linus“, antwortete sie. „Ich weiß nicht, aus welchem Grund Sie hier sind, aber ganz gewiss nicht, um sich darum zu kümmern, dass bei uns wieder alles in Ordnung ist und funktioniert. - Übrigens, lassen wir doch in Zukunft das alberne *Sie*, in Ordnung? Ich bin die Lorie. Ich bin dir dankbar für deine Hilfe, aber ich möchte nicht, dass du dich in irgendeiner Weise uns gegenüber verpflichtet fühlst, nur weil du bis zu einem gewissen Grad an Mellies Fahrradunfall beteiligt warst. Und ich möchte dich auch nicht von etwas für dich Wichtigerem abhalten.“

Er winkte ab. „Nein, nein, mach dir keine Gedanken darüber. Ich bin nicht nach Altenstede gekommen, weil ich etwas Spezielles vorhatte…“ Es war gut, dass sie den wahren Grund nicht kannte. „…Ich hatte nur einfach das Großstadtleben für eine Weile satt…“

„Möglicherweise fällt meinen Schwestern noch mehr ein, was sie dir aufs Auge drücken könnten.“ Sie lachte ein wenig verlegen. „Laß dich nicht darauf ein und sag es einfach, wenn du weder Zeit noch Lust hast zu dem, was sie dir vorschlagen…“

Linus mußte lachen. ‚Aha‘, dachte er, auf diese Weise versuchte sie, ihm zu signalisieren, dass alle Vorschläge für eventuell notwendige Arbeiten nur von ihren Schwestern kommen konnten.

„Ist schon in Ordnung. Wenn ich euch helfe, dann mache ich es, weil es mir Spaß macht. “

Auch sie lächelte jetzt. „So, und nun komm mit rein. Du wirst dich waschen wollen, und es ist auch noch etwas von dem Eintopf von gestern da.“

Linus gefiel es im Wagner-Haus, und es verging kaum ein Tag, an dem er sich nicht bei den Mädchen meldete.

Es war Juli geworden, und in gewisser Weise hatten sie sich aneinander gewöhnt. Irgendetwas gab es immer für ihn zu tun, und oft mussten sie ihm nicht einmal mehr sagen, wo es etwas zu erledigen gab, weil er es längst selbst gesehen hatte. Manchmal machte er Lorie sogar von sich aus darauf aufmerksam, wenn er meinte, dass dies oder jenes gemacht oder geändert werden mußte. So wechselte er unter anderem auch den Riegel vom Gartentürchen aus, schraubte den Briefkasten wieder fest und erneuerte die Randeinfassung eines der Beete hinter dem Haus.

Er versuchte, sich nicht anmerkten zu lassen, dass er Lorie mit ganz anderen Augen sah, als ihre jüngeren Schwestern. Es war etwas wie Hochachtung, was er für sie empfand, weil sie diese kleine Familie fest zusammenhielt. Im Gegensatz zu ihren Schwestern schien sie sich aber von Anfang an darüber im Klaren zu sein, dass er nur vorübergehend für sie da war, und dass er eines Tages wieder zurückfahren würde nach Berlin, und dass sie dann wieder allein zurechtkommen mussten. Und immer wieder fragte sie sich, was wohl der Grund dafür sein mochte, dass er ihnen half. Ihr war klar, dass sie keine Schönheit war, und dass es nicht an ihrer Person liegen konnte, - dennoch traute sie ihm nicht zu, dass er es auf eine ihrer Schwestern abgesehen hatte. Melanie war noch ein Kindskopf, demnächst würde sie die Schule beenden, und für die hübsche Silvia gab es im Dorf Verehrer genug. Und dennoch…, irgendetwas mußte es doch geben, was seine Schritte immer wieder ins Wagner-Haus lenkte. Und je länger sie darüber nachdachte, desto misstrauischer wurde sie. Deshalb war es ihr regelrecht peinlich, als sie eines Tages im Garten beisammensaßen, - Linus mitten unter ihnen, - und Silvia den Vorschlag machte: „Eigentlich könnte der Linus doch in der kleinen oberen Dachkammer wohnen, dann müsste er nicht jeden Tag den weiten Weg vom und zurück zum Dorf zu Fuß auf sich nehmen.“

Lorie war erschrocken. Einerseits, weil sie selbst schon an diese Möglichkeit gedacht, sie aber schnell wieder verworfen hatte, zum anderen, weil auch Melanie ganz begeistert von dieser Idee zu sein schien.

Sie warf Linus einen schnellen Blick zu und war froh, dass er ganz entschieden den Kopf schüttelte.

„Nein, nein, überlegt doch mal, was für ein Gerede das im Dorf gäbe“, sagte er.

Silvia lachte. „Würde mich wundern, wenn das nicht schon lange so wäre.“

„Abgesehen davon, ich hätte mir ja auch längst schon ein Fahrrad zulegen können, wenn mir der Weg zu weit wäre.“

„Wie wär's, wenn du eine von uns heiraten würdest,“ schlug Melanie vor. „Dann würden sie sich zwar alle kurz das Maul zerreißen, aber nach einer Weile hätten sie sich beruhigt, und wir hätten unsere Ruhe.“

„Gute Idee“, meinte Silvia noch immer lachend, „und wer soll die Glückliche sein?“

Lorie dagegen wußte nicht, ob sie mitlachen oder Melanie ausschimpfen sollte. Ihr Gesicht hatte sich mit einer leichten Röte überzogen, und Linus konnte nachvollziehen, wie sie sich in diesem Augenblick fühlte. Er beschloss, nicht darauf einzugehen, um sie nicht weiter in Verlegenheit zu bringen.

„Ich könnte mir aber auch ein Auto zulegen“, meinte er. „An der Tankstelle hab ich ein paar Gebrauchtwagen stehen sehen. Es müsste ja nichts Großartiges sein, nur einfach etwas, das fährt.“

Melanie jubelte. „Oh ja, nimmst du mich mit, wenn du dir eines aussuchst? Irgendwann stand da mal so ein rotes, das hat mir unheimlich gut gefallen.“

„So ein Unsinn,“ warf Silvia ein, „du kannst dir ein altes Auto doch nicht nach der Farbe aussuchen. Fahren muß es, das ist die Hauptsache. Und möglichst wenig Sprit verbrauchen.“

Melanie schmollte. „Du kennst dich aus, was?“ hielt sie der Schwester entgegen. Und hätte Lorie nicht ärgerlich auf den Tisch geklopft, wären die Streitereien der beiden Mädchen wohl noch eine Weile weitergegangen.

Linus mußte schmunzeln. „Ich werde mir die an der Tankstelle mal ansehen, vielleicht ist tatsächlich was für mich dabei.“

10.

Lorie

Im August hatte Linus Geburtstag. Es war ein eigenartiges Gefühl für ihn, sich an diesem Tag im Wagner-Haus aufzuhalten und Lorie so nah zu sein. Es fiel ihm schwer, mit seinen Gefühlen allein zurechtzukommen, deshalb wünschte er, er hätte mit Karin telefonieren können. Noch während er darüber nachdachte, ob es eine Möglichkeit für ihn gab, sie anzurufen, lief er ein paar Schritte aus dem Wagner-Hof hinaus die Straße entlang in Richtung Wald. Nach einer Weile erreichte er ein Wiesenstück, von dem er wußte, dass es auch noch zum Wagner-Anwesen gehörte. Dort setzte er sich ins Gras. Er wollte nachdenken über sich und Lorie, über die Tatsache, dass ihm der *Timeflyer* die Möglichkeit geschenkt hatte, ihr nah zu sein.

Er zog die Knie an und starrte in den blauen Himmel, an dem kaum ein Wölkchen zu sehen war. Wie mochte die Welt von dort oben aussehen, jetzt, während er den kleinen *Timeflyer* an seinem Handgelenk trug? Sah sie dann anders aus, als wenn er in seiner eigenen Realität weit hinauffliegen und von oben herabsehen würde? Hatte er nicht gelesen, die Zeit sei keine Konstante, sondern würde sich verändern, je weiter man in den Raum hineinflog?

Er ließ sich ins Gras zurückfallen, streckte die Arme aus und atmete die Sommerluft tief in sich hinein. Er fühlte sich frei, und doch wußte er, dass man als Mensch auf Erden niemals frei war. Man konnte nicht einfach davonfliegen, irgendwohin, oder selbst bestimmen, was mit einem geschah. Vielleicht eines Tages, wenn man tot war, dachte er. Aber er war nicht tot, - im Gegenteil. Er war fünfundzwanzig Jahre zurückgegangen in die Vergangenheit, und trotzdem fühlte er sich frei und lebendig. Und im Hier und Jetzt war auch Lorie lebendig. Lorie seine Mutter, die er endlich gefunden hatte, der er aber niemals würde sagen können, wer er wirklich war.

Er setzte sich auf und sah, dass um ihn herum die schönsten Wiesenblumen blühten. Er lächelte, pflückte eine von ihnen und betrachtete sie nachdenklich. Und dann pflückte er eine weitere…, und noch eine…, und bald darauf hielt er einen kleinen bunten Strauß in der Hand. Er kannte nicht alle Namen, aber er wußte, dass Kamille dabei war, und Schafgarbe, und roter Klee…

Lorie war gerade dabei, das Essen vorzubereiten, als er in die Küche kam. „Warst du auf Exkursion?" fragte sie lachend, als sie die Blumen in seiner Hand sah.

Er nicke. „Die sind für dich."

„Für mich?"

„Ja, weil heute ein ganz besonderer Tag ist."

Sie überlegte kurz. „Ist heute ein Feiertag, den ich übersehen habe?"

„Ja, heute ist ein Feiertag", sagte er, „aber nur für mich. Und ich bin froh, dass ich heute hier bin. Hier, bei euch auf dem Land, weitab von der Stadt."

Sie holte eine Vase aus dem Schrank und ließ Wasser einlaufen. „Bleib hier, wenn es dir hier gefällt," sagte sie, nahm ihm mit einem „Danke schön" die Blumen aus der Hand und stellte sie ins Wasser.

„Das ist nicht so einfach", antwortete Linus, „jedenfalls nicht so einfach, wie ihr euch das vorstellt."

Lorie schwieg dazu. Er hätte ihr gern erklärt, wie er das gemeint hatte, aber das war unmöglich. Sie hätte es nicht verstanden.

Fred, den Lorie anfangs einmal erwähnte hatte, war der Sohn des Tankstellenbesitzers, bei dem Linus nun immer wieder einmal nach einem gebrauchten Auto Ausschau hielt. Allerdings dauerte es eine Weile, bis ihm einer aus der Reihe der an der Straße aufgestellten Wagen gefiel. Fred beobachtete ihn schon eine ganze Weile. Natürlich wußte er ganz genau, wer der Interessent war, deshalb hatte er sich Zeit gelassen, bevor er ihn ansprach.

„Wie wär's denn mit dem blauen Fiesta?" fragte er eines Tages, als sich Linus den Wagen ein bisschen genauer ansah. Er wies auf den verhältnismäßig günstigen Preis hin. „Wäre der nichts für dich?"

Linus hob die Schultern. „Eine Preisklasse niedriger würde's auch tun", meinte er, ohne Fred anzusehen. „Ich will ihn nicht über Jahre behalten. Ich brauche nur hier in Altenstede etwas, damit ich nicht jeden Schritt laufen muß."

Fred grinste, aber das konnte sein Gegenüber nicht sehen, und während er auf einen dunkelroten Opel zeigte, meinte er: „Der da würde den Weg zum Wagner-Haus auch finden, und das sogar fast zum halben Preis."

Linus sah sich nach ihm um. „Ist mir immer noch zuviel."

„Wie lange hast du denn vor, zu bleiben?"

„Das weiß ich noch nicht so genau."

„Wird 'ne Weile dauern, bis die Mädels überm Berg sind. Find ich aber gut, dass ihnen jemand aus der Familie hilft."

‚Aha', dachte Linus, ‚er hält mich für einen Verwandten. So, wie wahrscheinlich viele andere auch.' Das war ihm durchaus recht, denn das konnten die Dorfbewohner eher verstehen und akzeptieren, als wenn sie wüßten, dass er eigentlich ein völlig Fremder war. Vielleicht konnte er nun auch herausfinden, wie Fred und Lorie zueinander standen? Zwar hatte sie sich nicht besonders freundlich über ihn geäußert, doch seine Hilfe schien sie durchaus zu schätzen, wenn er sie ihr anbot.

„Hab gehört, dass du auch ein Wagner bist. Wie bist du denn mit ihnen verwandt? Ein Vetter?"

Linus war zum nächsten Auto weitergelaufen, zu einem alten dunkelgrünen Mercedes. Der war stabil, mit dem könnte er auch einmal etwas Größeres und Schwereres transportieren. Allerdings fiel ihm nichts ein, was das hätte sein könnte, denn soviel er wußte stand im Augenblick nichts Derartiges im Wagner-Haus an.

„Nein, weitläufiger", beantwortete er Freds Frage. Er wollte die Tür öffnen, um ins Innere des Wagens zu sehen, doch sie war verschlossen.

„Du meinst, du bist weitläufiger verwandt mit ihnen?"

Linus nickte und mußte lächeln. Was würde der Junge sagen, wenn er wüsste, dass der Auto-Interessent neben ihm aus der Zukunft gekommen war, um hier Lorie, seine Mutter zu treffen und kennenzulernen? War dieser junge Mann vielleicht sogar sein Vater? Lorie war so verschlossen, sie ließ sich nicht anmerken, was in ihr vorging, doch möglicherweise war sie gar nicht so sehr gegen Fred, wie sie nach außen hin manchmal tat. Vielleicht fühlte sie sich einfach nur dazu gezwungen, ihn ein bisschen auf Abstand zu halten, um den Schein zu wahren und den guten Ruf der Familie.

Linus warf einen Blick auf das Firmenschild über der Werkstatt. *„Autohaus Wintrup"*. Fred war also kein Wagner. Selbst, wenn er es eines Tages schaffen sollte, Lorie für sich zu gewinnen, so schienen sie doch nicht zu heiraten. Würde er selbst sonst nicht Wintrup heißen, anstatt Wagner? Oder hieß er nur Wagner, weil das Krankenhauspersonal diesen Namen in Lories Unterlagen gefunden hatte?

War Fred daran schuld, dass seine Mutter schwer verletzt im Krankenhaus St. Georgen in Wackenstein angekommen und dann gestorben war, nachdem sie ihr Kind zur Welt gebracht hatte? Oder wußte er gar nichts davon? Sollte er sein Vater sein, warum war er dann nicht bei ihr gewesen in jener Nacht? Auch damals durften Väter bei der Geburt ihrer Kinder schon dabei sein. - Hatten sie sich vielleicht schon vorher getrennt? Und warum? Oder war er vor ihr gestorben? Was, um alles auf der Welt, mochte passiert sein damals an seinem Geburtstag?

Linus schüttelte den Kopf und versuchte damit, all die Gedanken, die auf ihn eingestürmt waren, wieder loszuwerden. Das waren Spekulationen, sagte er sich. Vielleicht war sein Vater ein ganz anderer. Er beschloss, auf jeden Fall in der nächsten Zeit die Augen offen zu halten und Acht darauf zu haben, mit wem sich Lorie traf. Vielleicht konnte er auch Melanie oder Silvia ein wenig aushorchen. Sie würden es ihm gewiss verraten, wenn sie etwas herausfinden würden.

„Interessierst du dich für den Mercedes? Dann warte, ich hol dir den Schlüssel."

Linus winkte ab. „Nein, nein, ich glaube, ich nehme den Opel. Der tut's tatsächlich auch, solange ich noch hier bin."

„Gut." Fred nickte zufrieden. „Und weil's für einen guten Zweck ist, lass ich dir noch einen Fünfhunderter nach."

Linus streckte ihm die Hand hin, die sein Gegenüber mit einem schiefen Lächeln ergriff.

„Wenn du mal Hilfe brauchst, draußen bei den Mädchen…" Fred machte eine Kopfbewegung in Richtung Wald, „…dann melde dich. Ich bin gern dabei, sofern es nicht grad was anderes Wichtiges zu erledigen gibt."

„Im Augenblick steht nichts an. Aber ich habe trotzdem eine Bitte an dich."

„Ja?"

„Es wäre mir recht, wenn du die Fahrzeugpapiere und alles, was damit zusammenhängt, zunächst auf dich ausstellen würdest. Ich möchte, dass alles, was das Auto betrifft, auf Lorie übergeht, wenn ich mal nicht mehr da bin."

„Warum das?"

Linus seufzte. Wie sollte er ihm das erklären? Wie hätte er es verstehen sollen, wenn er versucht hätte, ihm klarzumachen, dass er in dieser Zeit eigentlich noch gar nicht existierte? Er konnte ja weder einen gültigen Personalausweis noch einen Führerschein vorweisen.

Zu Fred aber sagte er: „Ich komme aus Berlin, es ist viel zu umständlich, hier einen Zweitwagen für mich zuzulassen für einen so kurzen Zeitraum. Das Geld für alles, was in Bezug auf das Auto anfällt, wie Steuer, Versicherung oder eventuelle Reparaturen, bekommst du von mir. Ich bezahle für ein Jahr im Voraus."

Fred nickte anerkennend. „Find ich nobel von dir", meinte er.

„Aber bitte sag ihr nichts davon. Sie würde es nicht wollen und wahrscheinlich auch nicht annehmen. Aber sie muß es ja nicht unbedingt wissen. Es reicht, wenn sie es erfährt, wenn ich gehe."

„Gut, geht in Ordnung", sagte Fred, ging in die Werkstatt und kam mit dem Schlüssel für den roten Opel zurück. „Willst du eine Probefahrt machen?"

Linus schüttelte den Kopf. „Nicht nötig." Und er war froh, dass Fred es genauso wenig für nötig hielt, sich den Führerschein seines Kunden zeigen zu lassen.

Lorie kam mißtrauisch aus dem Haus gelaufen, als der Opel das erst Mal vorfuhr. Linus mußte lachen, er hatte noch ihr unfreundliches „Was machen Sie da?" von ihrer ersten Begegnung im Ohr.

Als er ausstieg, kam sie näher und lief neugierig um das Auto herum.

„Was sagst du dazu? Gefällt es dir?" fragte er sie.

Sie hob die Schultern. „Mir muß es ja nicht gefallen. Die Hauptsache ist doch, dass es dir recht ist für das, was *du* damit vorhast."

Er grinste. „Und? Was glaubst du, was ich damit vorhabe?"

Sie fuhr prüfend mit der Hand über eine Stelle, an der der Lack schon ein wenig trüb war und nicht mehr so schön glänzte.

Er beantwortete seine Frage dann gleich selbst. „Jedenfalls nicht, um vor den Leuten im Dorf damit anzugeben", sagte er. „Und auch nicht, um euch Mädchen darin spazieren zu fahren." Er grinste noch immer. „Aber ich könnte die Eier zu euren Kunden fahren, dann müsste Mellie nicht mehr fürchten, dass ihr beim Fahrradfahren ein Fußball in die Quere kommt."

Lorie schwieg einen Augenblick, dann sagte sie: „Vielleicht reicht es dir ja auch, dass du jetzt nicht mehr hierher laufen mußt. Und die Frage nach einem Fahrrad hätte sich damit auch erledigt."

„Ich könnte euch aber auch mal nach Wackenstein fahren, wenn ihr zufälligerweise dort was zu tun habt", meinte er. „Wäre immer noch praktischer, als mit dem Bus." Und mit einem Zwinkern fügte er hinzu: „Und billiger."

Lorie stutzte, und über ihrer Nasenwurzel bildete sich schon wieder eine Falte. „Wie meinst du das?“

Nun lachte Linus. „So, wie ich's sage. Bei mir gibt es keinen Fahrplan, an den man sich halten muß, und mit einem Wurstbrot und einem Kaffee zwischendurch..., und naja.... vielleicht mal einem Teller Eintopf, - wäre ich auch zufrieden...“

„Du mußt mich nicht veralbern“, fuhr sie wütend auf, ließ ihn stehen und lief mit schnellen Schritten auf das Haus zu. Linus blieb verdutzt zurück. Es tat ihm leid, dass er sie verärgert hatte, es hatte doch nur ein Spaß sein sollen. Melanie und Silvia hätten darüber gelacht, aber Lorie war anders. Er blieb stehen und überlegte, was er tun sollte. Doch bevor ihm etwas einfiel, kam sie wieder heraus. „Es tut mir leid, Linus. Ich weiß, du hast das nicht böse gemeint, aber... Ich bin in letzter Zeit einfach ein bisschen empfindlich.“

Sie setzte sich auf die Bank neben der Haustüre und machte ihm ein Zeichen, sich neben sie zu setzen.

„Das verstehe ich“, antwortete er. „Ich sehe doch, was auf deinen Schultern lastet, seit ihr alleine seid.“

Voller Mitleid schaute er sie an, und in dem Bewusstsein, dass sie seine Mutter war, hätte er sie am liebsten in den Arm genommen. Doch es gab ja nichts, was er ihr hätte sagen können, um sie zu trösten. Er konnte nicht sagen: ‚Eines Tages wird alles besser und schöner werden‘, weil er wußte, dass noch Schlimmeres auf sie wartete. Er senkte den Kopf, damit sie nicht sah, wie traurig er war. „Ich weiß doch, wie schwer das alles für dich ist. Gerade deshalb möchte ich euch doch auch helfen.“

„Aber warum, Linus? Was ist der Grund dafür? Du hast uns doch gar nicht gekannt."

Er hob den Kopf wieder, schaute sie an und lächelte. „Manchmal spürt man es eben, wann und wo man gebraucht wird. Der Fußball gegen Mellies Fahrrad war vielleicht so etwas wie ein Wink des Schicksals, dadurch haben wir uns kennengelernt. Und dass ich überhaupt nach Altenstede gekommen bin, das war mehr oder weniger Zufall..."

Er mußte sie anlügen, denn er konnte ihr unmöglich die Wahrheit sagen.

„Eines Tages wirst du wieder nach Hause fahren und uns im Laufe der Zeit vergessen", warf sie ein. „Ein Abstecher aufs Land ist für einen Großstadtmenschen wie dich sicher interessant, aber für uns..., zumindest für mich, ist jeder Tag hier ein Kampf. Um Dinge, die wichtiger sind, als ein kaputtes Fahrrad, ein Loch im Zaun, oder ein Türschloss, das klemmt."

„Dann sag mir, wie ich dir sonst noch helfen kann. Was ist denn im Augenblick dein größtes Problem?"

Sie seufzte tief. „Ich habe Angst, dass man uns das Haus wegnimmt."

„Warum das?" Linus war bestürzt.

„Das hat mit der Steuer zu tun, aber ich verstehe nichts davon. Bisher hat sich unser Vater um solche Dinge gekümmert."

„Es gibt doch aber Fachleute, an die du dich wenden kannst. Gibt es denn keinen Steuerberater hier in Altenstede?"

„Nein. - Doch. Es gibt einen, aber ich denke, es wäre nicht gut, wenn er über unsere Finanzen bescheid wüsste. Und einer in Wackenstein… Wer weiß, was der für eine Beratung verlangen würde.“

Linus dachte nach. „Ich bin zwar kein Steuerberater, aber ich bin Kaufmann, und was schriftliche Angelegenheiten betrifft, kenne ich mich ganz gut aus. Wenn du willst kann ich ja mal einen Blick in eure Unterlagen werfen…“

„Das würdest du tun?“

„Natürlich. Und bei mir brauchtest du nicht zu fürchten, dass irgendeine Menschenseele etwas über eure Situation erfährt.“

Sie schaute ihn an. Ungläubig, mißtrauisch, aber auch voller Hoffnung. „Ich wäre dir wirklich dankbar.“

„Kein Problem. Sag mir einfach, wann es dir mal passt.“

„Am besten, wenn die Mädchen nicht da sind. Sie müssen nicht unbedingt alles wissen…“

„In Ordnung. Und jetzt mach dir keine allzu großen Sorgen mehr. Wir kriegen das schon hin.“

11.

Das Herbstfest

Bei Durchsicht der Unterlagen stellte Linus fest, dass seit der Zeit, als Vater Wagner noch lebte, einiges schiefgelaufen und durcheinandergeraten war. Das lag nicht daran, dass Lorie nicht klug genug war, die Dinge, die das Haus betrafen, richtig zu verwalten und zu organisieren, es lag einfach daran, dass sie keine Ahnung hatte, worauf man achten mußte. Vor allem aber auch daran, dass sie zu gutmütig war und vielen von denen, die ihr Hilfe angeboten hatten, zu schnell vertraut und zu bedingungslos geglaubt hatte. So hatte sie die drei Kühe, die sie früher im Stall stehen hatten, weit unter Wert verkauft, und die Weide, die zum Wagner-Haus gehörte und ohne die Kühe nicht mehr gebraucht wurde, hatte sie für viel zu wenig Geld verpachtet. Ähnlich war es mit dem Verkauf des Traktors gelaufen. Obwohl er seine Jahre auf dem Buckel hatte, hatte er noch gut funktioniert, und Linus war überzeugt davon, dass er, wäre er bei den Verkaufsverhandlungen dabei gewesen, weit mehr als Lorie hätte herausgeschlagen können.

Zusammen gingen sie nun miteinander durch, was an Geräten noch verkauft werden konnte, setzten alles auf eine Liste und legten die Preise dafür fest, und Linus versprach, sich darum zu kümmern und im Dorf bekannt zu machen, was aus dem Wagner-Haus noch zu erwerben war. Er setzte sich mit dem zuständigen Finanzamt und mit der Gemeindeverwaltung in Verbindung und sorgte dafür, dass alle Unstimmigkeiten aus dem Weg geräumt werden konnten.

Die Zusammenarbeit mit Lorie, die meistens ohne Mellies und Silvies Anwesenheit erfolgte, hatte Spuren hinterlassen. Spuren, die Linus gar nicht gefielen. Immer häufiger fühlte er Lories Blicke auf sich ruhen, - liebevolle, dankbare, ja sogar zärtliche Blicke. Das erschreckte ihn, und ihm war klar, dass er etwas dagegen tun mußte.

„Lorie, du solltest mal abschalten und irgendetwas Schönes unternehmen. Nur für dich. Gibt es denn keine Vereine oder Veranstaltungen hier in Altenstede, durch die du mit jungen Leuten deines Alters zusammenkommen könntest?"

Sie lachte. „Du hörst dich an, als wärst du schon ein Greis."

Er ging nicht darauf ein. „Ich meine das ganz ernst, Lorie. Andere junge Frauen in deinem Alter haben längst eine feste Vorstellung von ihrer Zukunft, und die meisten wissen auch schon, mit wem. Wenn du dich immer nur zurückziehst und nur um Haus und Hof kümmerst, wirst du eines Tages eine alte Jungfer sein."

Sie senkte den Kopf, und er sah, wie sich ihre Wangen mit einer leichten Röte überzogen.

Er hob die Hand. „Tut mir leid, ich wollte dich nicht in Verlegenheit bringen."

Er fragte sich, ob sie rot geworden war, weil sie mit ihren zweiundzwanzig Jahren längst Erfahrungen mit

Männern gemacht hatte und deshalb ganz sicher keine alte Jungfer mehr abgeben würde, oder weil sie sich schämte, diese Erfahrungen eben noch nicht gemacht zu haben.

„Es geht mich nichts an, ob du dich mit jemanden triffst oder nicht", fuhr er fort, „auf jeden Fall solltest du aber hin und wieder mal ausgehen und Spaß haben…"

Sie hob die schultern. „Ich muß doch dafür sorgen, dass die Mädchen weiterhin ein schönes Zuhause haben."

„Das eine schließt doch das andere nicht aus. Mellie und Silvie sind inzwischen alt genug, sie könnten sich um vieles selbst kümmern, zumindest aber dir ein bisschen mehr zur Hand gehen, anstatt sich von dir bedienen zu lassen, als wärst du ihre Mutter."

Er nahm sich vor, nun doch einmal mit den beiden zu reden, um ihnen klarzumachen, dass sie nicht alles auf Lorie abwälzen durften. Wie sollte sie jemanden kennen und lieben lernen, wenn sie nie das Haus verließ?

Dann ging ihm ein schrecklicher Gedanke durch den Kopf: War sie vielleicht gerade durch ihre Zurückhaltung an einen Tunichtgut geraten, der später, wenn er selbst Altenstede verlassen hatte, ihre Naivität ausnutzte? War sie vielleicht gar vergewaltigt worden? War sein Vater ein skrupelloser Kerl gewesen, der sie in der Not, in die er sie gebracht hatte, alleingelassen hatte?

Linus schluckte. Vielleicht war jetzt der Zeitpunkt gekommen, an dem er langsam daran denken sollte, Altenstede zu verlassen und zurückzukehren nach Berlin, bevor sie sich noch mehr an ihn hängte, dachte er. Er hatte seine Mutter gesucht und gefunden, und sie war eine starke bewundernswerte Frau. War es da nicht völlig gleichgültig, wer sein Vater gewesen war, sofern er keiner war, der ihr ein Leid zugefügt hatte?

„Ich habe nun mal die Rolle unserer Mama übernommen…", hörte er Lorie sagen.

Er nickte. „Aber darüber solltest du dich nicht selbst vergessen. Ende September feiert Altenstede das Herbstfest mit Musik und Tanz. Da machst du dich mal ganz besonders hübsch, und ich fahr dich hin. Und du wirst staunen, wer sich alles nach dir umschauen wird."

„Und du kämst nicht mit?" Sie schien enttäuscht zu sein bei diesem Gedanken.

Innerlich seufzte Linus, doch er sagte: „Eigentlich bin ich kein guter Tänzer. Aber mal sehen…"

„Linus, was ist ein Skarabäus?" fragte Melanie, nachdem er vor dem Wagner-Haus geparkt hatte und aus dem Auto stieg. Er trug einen Ordner unter dem Arm, den er am Abend zuvor mitgenommen und in seinem Zimmer im Gasthaus noch einmal durchgesehen hatte.

„Was ist das?" fragte Melanie und wollte danach greifen, aber Linus wich ihr aus.
„Sei nicht so neugierig. Das ist nichts für dich."

„Ist das was Geschäftliches, was du für Lorie erledigt hast?"

„Ja."

Sie schien sich damit zufriedenzugeben. „Also sag schon, weißt du nun, was ein Skarabäus ist, oder nicht?"

„Wie kommst du denn auf einmal auf einen Skarabäus?"

„Ich hab in einer Zeitschrift einen Bericht über die Alten Ägypter gelesen."

„Was für eine Zeitschrift war denn das?"

Sie hob die Schultern. „Keine Ahnung, das war beim Zahnarzt."

„Dann hättest du noch ein Weilchen länger im Wartezimmer sitzenbleiben müssen, vielleicht hättest du dann herausgefunden, was ein Skarabäus ist."

„Ha, du weißt es auch nicht."

Er lachte. „Klar doch, das ist ein Mistkäfer", antwortete er, indem er auf das Haus zuging.

Melanie, die ihm hinterhergelaufen war, blieb nun ärgerlich stehen. „Warum machst du dich über mich lustig?"

Linus sah sich nach ihr um. „Ich mach mich nicht über dich lustig, Mellie, ein Skarabäus ist tatsächlich ein Mistkäfer. Für die Alten Ägypter war er ein Glücksbringer, sie hielten ihn für heilig und haben ihn sehr verehrt."

„Wirklich?"

„Wenn ich's dir sage."

„Warum aber gerade einen Mistkäfer."

„Die Alten Ägypter glaubten an viele Gottheiten, und jede Gottheit stellten sie sich in einer ganz bestimmten Gestalt vor. Und den Gott Chepre sahen sie in der Gestalt des Skarabäus."

„Was für ein Gott war denn dieser... Chepre?"

„Für sie war er der Schöpfungsgott. Als dann diese Käfer jedes Jahr bei der Nilschwemme einfach so aus dem Nilschlamm auftauchten, ohne, dass man vorher ihre Entwicklung beobachten konnte, glaubten sie, sie seien aus sich selbst heraus entstanden, - in einem großartigen heiligen Schöpfungsakt, verstehst du? Das passte zu Chepre, dem Schöpfungsgott, und so begannen sie, ihn in der Gestalt des Skarabäus zu sehen und zu verehren."

Langsam lief sie weiter. „Woher weißt du das alles? Weißt du noch mehr über die Götter?"

Linus lachte. „Über die gibt es jede Menge Wissenswertes, deshalb haben auch schon so viele berühmte Leute Bücher über sie geschrieben."

„Ich wünschte, du würdest mir alles erzählen, was du darüber weißt."

„Oh je, dann würden wir morgen früh noch dransitzen."

„Na und?" Sie meinte das ganz ernst.

„Dann würdest du das Herbstfest verpassen."

„Gehst du auch hin?

„Vielleicht. Mal sehen."

„Könnten wir nicht zusammen hingehen?"

Er lachte wieder und schüttelte den Kopf. „Nein, nein, Ich wäre dir nur ein Klotz am Bein."

„Wärst du nicht."

„Ich hab mir ein interessantes Buch gekauft, damit werde ich mich in mein Zimmer zurückziehen und lesen."

Für das Herbstfest war auf dem Marktplatz ein Jahrmarkt aufgebaut worden, und ein Stück weiter, auf einem unbebauten Grundstück ein Festzelt, in dem es sich die Altensteder mit allerlei Speisen und Getränken gutgehen lassen konnten. Am späten Nachmittag nahm dann sogar eine kleine Kapelle, die extra aus Oldenburg gekommen war, auf dem Podium Platz und spielte zum Tanz auf, und der war bis nach Mitternacht geplant.

Linus hatte eigentlich beschlossen, dieser Veranstaltung fernzubleiben, weil er fürchtete, es könnte zu Unstimmigkeiten zwischen den Schwestern kommen, nachdem er bemerkt hatte, dass sowohl Lorie als auch Mellie hofften, er würde sie begleiten.

Er fuhr sie beide bis an den Rand der Festwiese, und ließ sie dann gleichermaßen enttäuscht zurück, als er sagte: „Ich hab noch was Wichtiges zu erledigen. Vielleicht komme ich später nach."

Lorie ließ sich nichts anmerken, sie zog sich in eine Ecke zurück, bestellte eine Cola und nahm sich vor, so bald wie möglich wieder nach Hause zu gehen. Melanie dagegen war enttäuscht und hielt damit nicht hinterm Berg. Schon so oft hatte sie ihren Freundinnen von Linus vorgeschwärmt, nun hatte sie es kaum erwarten können, ihn ihnen vorzustellen. Dass nun nichts daraus wurde, ärgerte sie maßlos.

Silvia war die einzige, der es gleichgültig war, ob Linus auf dem Fest erschien oder nicht. Sie hatte so viele Verehrer, dass sie sich aussuchen konnte, welchem von ihnen sie den Vorzug gab.

Linus zog sich zwar in sein Zimmer im *Krug* zurück, hielt es allerdings nicht sehr lange dort aus. Das Buch, in dem er zu lesen begonnen hatte, war weniger interessant, als er gedacht hatte, außerdem war aus der Ferne ununterbrochen die Musik aus dem Festzelt zu hören, dadurch fiel es ihm schwer, sich zu konzentrieren. Und dazu kam, dass er im Laufe des Abends doch ein wenig neugierig geworden war und gern gewußt hätte, was sich im Festzelt tat. Er wollte wenigstens einen kurzen Blick hineinwerfen.

Zunächst blieb er am Eingang stehen und hielt Ausschau nach Lorie. Er hatte gehofft, sie mit einem netten jungen Mann tanzen zu sehen, stattdessen mußte er enttäuscht feststellen, dass sie allein in einer Ecke saß und dem Tanzvergnügen missmutig zuschaute. Melanie dagegen saß plappernd und lachend inmitten der Gruppe ihrer Freundinnen.

Er seufzte, er hatte genug gesehen. Es war nicht seine Aufgabe, für die beiden Wagner-Damen den Vermittler zu spielen, sagte er sich und wandte sich wieder dem Ausgang zu. Doch es war zu spät, Melanie hatte ihn bereits entdeckt. „He, Linus!" Laut rufend und mit wedelnden Armen kam sie auf ihn zugerannt und hängte sich an seinen Arm. „Lauf bloß nicht gleich wieder weg." Dadurch wurde auch Lorie auf ihn aufmerksam, und auch sie schien froh zu sein, dass er nun doch noch gekommen war.

Im ersten Augenblick wußte er nicht, was er machen sollte. Davonlaufen ging nun nicht mehr, doch irgendetwas mußte er tun, um sich aus der Affäre zu ziehen.

Er löste Melanies Hand von seinem Arm. „Tut mir leid, Mellie, ich habe den Tanz schon jemandem versprochen." Und dann wandte er sich spontan an eine junge Frau, die gerade erst gekommen war und nach einem Platz Ausschau hielt. Er zog sie ein wenig zur Seite und sagte zu ihr: „Hast du Lust mit mir zu tanzen? Du könntest mich damit aus einer ziemlich verzwickten Lage retten." Unschlüssig und ein wenig mißtrauisch schaute sie ihn aus großen blauen Augen an, doch als er ihr „Bitte!" zuflüsterte und ihr zuzwinkerte, lächelte sie und nickte. Und so legte er den Arm um ihre Taille und führte sie auf die Tanzfläche. Sie sah nett aus mit ihren blonden Locken, und ihr Lächeln gefiel ihm, weil sie ihn mit ihren Grübchen an Jette erinnerte. Vielleicht war sie sogar eine Vorfahrin von ihr, dachte er, während er sie bei einem flotten Foxtrott herumwirbelte. Er schaute weder nach rechts noch nach links, doch er konnte sich vorstellen, was er den Wagner-Schwestern in diesem Augenblick antat.

Seine Tanzpartnerin hieß Petra und kam aus Großenfehn. Insgeheim war er froh darüber, dass sie keine Einheimische aus Altenstede war, wahrscheinlich wäre das Durcheinander, dass er bereits angerichtet hatte, sonst noch weitaus größer ausgefallen.

Nachdem er ein paar Runden mit Petra gedreht und sich gut mit ihr unterhalten hatte, versuchte er, so unauffällig wie möglich das Fest wieder zu verlassen, und mit List und Tücke gelang ihm das schließlich auch.

12.

Versöhnung

Am nächsten Tag fuhr er erst am Nachmittag zum Wagner-Haus. Lorie ließ sich nichts anmerken. Sie hantierte in der Küche, als er kam, sie mit einem kurzen „Hallo" begrüßte und sich dann auf der Eckbank niederließ. Ohne ihre Arbeit zu unterbrechen fragte sie: „Trinkst du einen Kaffee?"

„Wenn du einen mit mir trinkst", antwortete er.

Sie lächelte. „Du hast doch nicht etwa was zu bereden?"

Er machte ein argloses Gesicht. „Nein, eigentlich nicht. - Aber ja, zu bereden gibt es im Grunde immer was."

Sie schenkte zwei Becher Kaffee ein und setzte sich zu ihm.

„Wo ist Mellie?", fragte er. Er wußte, er hatte Lorie verletzt, als er sie am Tanzabend ignoriert hatte, er wußte aber auch, dass er bei Melanie damit mindestens genausoviel angerichtet hatte.

„Sie ist oben in ihrem Zimmer. Sie ist wütend."

„Aber warum?"

„Das hab ich sie auch gefragt."

„Und? Was hat sie darauf geantwortet?"

Sie hob die Schultern. „Sie ist der Meinung, dass du sie nicht hättest ignorieren dürfen, weil du eigentlich mit uns hättest dort sein sollen.“

„Und was meinst du?“

Sie warf ihm einen schnellen Blick zu und senkte dann den Kopf. „Ich glaube, wir haben uns viel zu sehr an dich gewöhnt. Wir vergessen manchmal, dass wir Fremde für dich sind, dass du alles, was du für uns tust, freiwillig machst. Du bist uns zu nichts verpflichtet. Und uns muß klar sein, dass du eines Tages wieder gehen wirst.“

Er schwieg und drehte nachdenklich seinen Kaffeebecher in der Hand.

‚Ja‘, dachte er, ‚ich werde gehen. Ich *muß* gehen. Und das sollte so schnell wie möglich passieren.‘

„Ja, ich werde tatsächlich bald gehen, Lorie“, sagte er. „Ich habe auch ein Leben in Berlin, und ich war schon viel zu lange fort.“

Sie nickte. „Das verstehe ich.“ Und nach einer Weile fügte sie hinzu: „Ich weiß nur nicht, wie ich das Mellie beibringen soll.“

„Soll ich mal mit ihr reden?“

Sie lachte auf. „Du glaubst doch nicht im Ernst, dass das was brächte? - Nein, Linus. Es ist nur so, dass Mellie jemanden *braucht*, zu dem sie aufsehen und an dem sie Halt finden kann. Sie hatte von klein auf ein sehr enges Verhältnis zu unserem Vater. Das lag wahrscheinlich daran, dass er geholfen hat, sie zur Welt zu bringen, damals. Die Wehen hatten bei Mama ganz unverhofft eingesetzt, und obwohl unser Vater die Hebamme gleich angerufen hat, brauchte sie ziemlich lange, bis sie kommen konnte.“ Sie lächelte. „So lange wollte unsere Mellie aber nicht warten. Also war unser Papa der erste, der sie in den Armen gehalten hat.“

„Du meinst, dass sie in gewisser Weise nun mir die Vaterrolle auferlegt hat? Unbewusst sozusagen?"

Lorie nickte.

„Und gestern Abend fühlte sie sich von mir im Stich gelassen?" Der Gedanke erstaunte Linus, in diese Richtung hatte er noch gar nicht gedacht.

„Du hast uns bisher bei allen Aufgaben geholfen, für die früher unser Vater zuständig war. Mellie wird lernen müssen, dass wir nicht die einzigen sind, die ein Anrecht auf dich haben. Ich werde versuchen, es ihr beizubringen, aber im Augenblick ist sie noch zu wütend auf dich, um das zu akzeptieren."

Im oberen Stock hörte man eine Tür klappen, und wenige Augenblicke später kam Melanie herunter. Auf halber Treppe stutze sie, nachdem sie Linus zusammen mit Lorie beim Kaffeetrinken gesehen hatte.

„Ach! Du bist ja alleine da. Ich dachte, du hast vielleicht die blonde Schönheit mitgebracht, um sie uns vorzustellen. Ich hoffe, ihr hattet noch einen schönen Abend zusammen, da du ja so schnell mit ihr verschwunden bist... Vielleicht auch eine schöne Nacht...?"

„Mellie, das siehst du völlig falsch. Ich habe nicht..."

„Ja, ja! Versteh' schon. Bei uns mußt du immer nur arbeiten, aber mit ihr konntest du dich endlich mal so richtig amüsieren..."

„Mellie, halt den Mund!", rief Lorie dazwischen, aber Melanie ließ sich nicht beirren. „Von mir aus kannst du ruhig nach Hause fahren, nach Berlin. Dann wüßten wir wenigstens wieder, woran wir sind und brauchten uns nicht mehr einzureden, du meintest es nur gut mit uns."

Linus war bestürzt, und er fragte sich, warum ihm ihre Worte so wehtaten. „Mellie, wie kannst du sowas sagen..."

„Ja, ihr habt recht, ich sollte lieber meinen Mund halten." Sie bemühte sich, ihre Tränen zurückzuhalten, machte auf der Treppe kehrt und lief wieder nach oben, und mit einem heftigen Knall flog ihre Tür zu.

„Es tut mir leid, Linus." Die Szene war Lorie peinlich, obwohl sie ihre kleine Schwester durchaus verstehen konnte. Hätte sie mit fünfzehn oder sechzehn nicht vielleicht ähnlich reagiert? Zum Glück war sie aus diesem Alter raus, war erwachsen geworden und hatte sich im Griff.

Nachdenklich trank Linus den Rest seines Kaffees.

„Ich glaube, ich sollte gehen. Morgen sieht sicher alles wieder ganz anders aus."

Lorie nickte.

An der Tür blieb Linus noch einmal stehen.

„Ich werde noch mal mit Fred über die Brennholz-Lieferung reden. Bis es anfängt kalt zu werden, sollte alles unter Dach und Fach sein. Erst, wenn das alles geregelt ist, kann ich beruhigt nach Hause fahren."

Lorie gab ihm keine Antwort darauf.

Am nächsten Morgen erfuhr Linus von Lorie, dass Melanie eine Termin für ein Vorstellungsgespräch bei der Leitung des Supermarktes hatte.

„Wofür will sie sich denn dort bewerben?", fragte er ärgerlich. „Soll sie vielleicht an der Kasse sitzen oder Regale ein- und ausräumen? Sie hat doch was wesentlich Besseres und Anspruchsvolleres verdient."

Lorie hob die Schultern. „Es ist nicht leicht, einen Ausbildungsplatz zu finden. Sie hat sich ja auch noch bei andere Stellen beworben.“

„Zum Beispiel?“

„Im Rathaus. Und dann bei einem Arzt in Großenfehn und bei Freds Bruder in Wackenstein als Bürohilfe.“

„Wenn es im Rathaus klappen würde, das wäre nicht schlecht. Kann denn da Silvie nichts machen?“

„Sie hat bestimmt schon alles Menschenmögliche versucht, aber sie sagt, die einzige offene Stelle sei schon sehr früh besetzt gewesen. Jetzt können wir nur hoffen, dass die, die sie bekommen soll, einen Rückzieher macht.“

Linus dachte nach, aber ihm fiel im Augenblick auch nichts ein, wie er Mellie diesbezüglich helfen könnte.

„Ist sie mir immer noch böse, oder hat sie sich wieder ein bisschen beruhigt?“, fragte er Lorie.

„So schnell geht das bei ihr nicht, da mußt du schon noch ein paar Tage warten.“

„Ich werde zum Supermarkt fahren und sie abholen.“

„Das brauchst du nicht, sie ist mit dem Fahrrad dort.“

Linus hörte nicht auf sie, stieg in sein Auto und fuhr in Richtung Dorf davon.

„Im Supermarkt an der Kasse!“, schimpfte er vor sich hin. „Oder stundenlang Regale einräumen und auffüllen! Das kann doch jeder Depp, dazu braucht man nicht soviel im Kopf zu haben, wie dieses Mädchen. Sie hat doch was Besseres verdient.“

Er parkte den Wagen neben dem Eingang, der zum Büro der Marktleitung führte und sah dort auch Melanies Fahrrad an der Wand stehen. Er blieb im Auto sitzen, lehnte sich zurück und streckte sich. Er würde warten, egal, wie lange es dauerte, aber wahrscheinlich waren sie mit einem Mädchen wie Melanie eh' schnell fertig.

Nach einer halben Stunde kam sie heraus. Mit einem schnellen Blick hatte sie bemerkt, dass es der rote Opel von Linus war, der vor dem Eingang parkte, deshalb tat sie, als hätte sie ihn gar nicht gesehen, ging zu ihrem Fahrrad und hängte ihre Tasche an den Lenker.

Linus sprang aus dem Wagen und stellte sich ihr in den Weg. „Steig ein!", sagte er.

Sie tat, als hätte sie es nicht gehört.

„Steig ein!" Seine Stimme war ein bisschen lauter und strenger geworden.

Sie nahm das Fahrrad von der Wand. „Laß mich vorbei."

Er nahm ihre Tasche vom Lenker und drückte sie ihr in den Arm. „Und jetzt steigst du ein, verstanden?"

„Du hast mir gar nichts zu sagen, du bist nicht mein Vater."

Linus mußte daran denken, was ihm Lorie über Mellies Verhältnis zu ihrem Vater gesagt hatte. Nein, er war nicht ihr Vater, - und das hätte er auch gar nicht sein wollen.

„Sei froh, dass ich's nicht bin", sagte er, „sonst würde ich dir jetzt den Hintern versohlen."

„Wieso denn? Ich hab doch gar nichts Unrechtes getan."

„Du bist nicht eingestiegen, als ich es dir gesagt habe."

Er öffnete die Beifahrertür, griff fester nach ihrem Arm, als er es beabsichtigt hatte und drängte sie, einzusteigen.

„Und mein Fahrrad?" fragte sie, als er die Tür hinter ihr schloss. Statt einer Antwort öffnete er den Kofferraum und hob ihr Fahrrad hinein.

„Was haben sie gesagt?", fragte er mit einer Kopfbewegung in Richtung Marktleitung, als er einstieg und den Wagen startete.

„Interessiert dich das?", fragte sie trotzig.

Er fuhr los. „Ja, das interessiert mich."

„Warum? Du bist ja eh' bald wieder weg."

Er wußte, dass sie recht hatte, trotzdem fragte er noch einmal: „Was haben sie gesagt? Werden sie dich einstellen oder nicht?"

„Sie wissen es noch nicht."

„Und wann werden sie es wissen?"

„Keine Ahnung. Sie haben gesagt, sie werden sich melden."

„Gut", meinte er. Inzwischen hatte er das Zentrum des Dorfes hinter sich gelassen. Eigentlich hatte er sich mit ihr versöhnen wollen, aber es sah nicht so aus, als ob sie dazu schon bereit wäre. Nun überlegte er, wie er sie dazu bringen sollte.

„Jetzt mach kein Gesicht wie die Sphinx," sagte er und sah sie von der Seite an.

Sie fuhr herum. „Die Sphinx?"

„Ja, so starr und steinern."

Sie überlegte. „Das ist doch die, in deren Gesicht alles kaputt und abgebrochen ist."

Er mußte schmunzeln, er hatte gewußt, dass sie nicht würde widerstehen können, zu antworten, wenn er das Gespräch auf die Alten Ägypter brachte.

„Nicht alles, nur der Bart und die Nase."

„Du bist gemein, mich mit ihr zu vergleichen. Ich habe keinen Bart und meine Nase ist auch noch dran."

„Na gut, dann sieh mich nicht so an, wie… Wie die Nofretete. So starr und unbeweglich."

„Nofretete? Ist das nicht die Hübsche? - Ach was, das meinst du eh' nicht ernst, du willst mich nur veräppeln."

Inzwischen hatten sie die Hälfte der Strecke zum Wagner-Haus erreicht, und er hielt den Wagen an.

„Was ist? Warum hältst du?"

„Weil ich mir dein Gesicht noch mal genauer ansehen will." Er versuchte, ernst zu bleiben. „Ja, Nofretete ist zwar die Hübschere, aber sie ist auch aus Stein. Aus Kalkstein, und daher genauso starr und unbeweglich. Genau wie dein Gesicht im Augenblick."

Sie mußte grinsen und drehte ihr Gesicht weg, damit er es nicht sah.

„Der Vergleich mit der Nofretete scheint dir besser zu gefallen, als der mit der Sphinx, stimmt's? Naja, sie ist ja auch echt nefer."

Sie sah ihn an. „Was ist sie? - Wer ist das, Nefer?"

„Nefer war ein wichtiger Mann im Alten Ägypten, aber dass er diesen Namen trug, hatte eine besondere Bedeutung. Nefer ist nämlich auch eine Eigenschaft, die sie damals gern ihrem eigenen Namen beigefügt haben, um ihn aufzuwerten." Er überlegte. „Ungefähr so, als wenn heutzutage bei uns jemand Max heißt und sehr klug ist, und er sich nun ‚Maxklug' oder ‚Klugmax' nennen würde. Schön, bei uns würde man sagen: ‚Max, der Kluge‘ oder ‚der kluge Max‘.

„Das glaube ich dir nicht.“

Er hob die Schultern. „Wenn du schon so viel über die Alten Ägypter gelesen hast, dann kommen dir vielleicht auch Namen wie Senynefer oder Nefertari bekannt vor.“

Sie dachte nach. „Ja.“

„Siehst du? Du kannst es mir ruhig glauben, Mellienefer.“

„Und was heißt nefer?“

Er mußte lachen, blieb aber ganz ernst. „Irgendwann wirst du’s rausfinden.“

„Warum sagst du’s mir nicht?“

„Weil du mir immer noch böse bist und denkst, ich hätte den Abend oder die Nacht mit diesem Mädchen verbracht. Dabei hab ich nur den einen Tanz mit ihr getanzt, den Rest des Abends hab ich allein in meinem Zimmer im *Krug* verbracht.“

Verwundert schüttelte er den Kopf über sich selbst. Warum wollte er, dass sie wußte, wie es wirklich war? Er war ihr doch keine Rechenschaft schuldig.

„Ich bin dir doch gar nicht mehr böse“, sagte sie leise.

„Ehrlich nicht?“ Er mußte lachen.

Sie schaute ihn an. „Ehrlich nicht.“ Und dann mußte auch sie lachen.

„Das ist nefer“, sagte er und startete den Wagen wieder. Und obwohl sie weiter fragte: „Was heißt denn das nun, *nefer*?“, lächelte er nur, gab ihr aber keine Antwort mehr.

13.

Silvia und Melanie

Kurz darauf lernte Linus Rainer Moser kennen. Er war ein gutaussehender junger Mann, der es zwar ganz offensichtlich auf Silvia abgesehen hatte, der aber bei ihr nicht gerade auf Gegenliebe zu stoßen schien. Noch nicht, dachte Linus. Er wußte, dass sich das eines Tages ändern würde.

Wann immer er Zeit fand, fuhr Rainer mit seinem Motorroller zum Wagner-Haus hinaus, um dann stundenlang unter der großen Tanne zu stehen, die die Einfahrt zum Hof der Wagners markierte. Wann immer Linus mit seinem Opel vorfuhr, war Rainer oft schon dort, ohne genau zu wissen, ob Silvia zu Hause war oder nicht. Das brachte Linus auf einen Gedanken.

Fred Wintrup hatte dafür gesorgt, dass eine Fuhre Brennholz im Wagner-Hof abgeladen worden war, Linus hatte mit ihm einen Preis ausgehandelt, der sich im Rahmen hielt.

„Alles übrige mußt du übernehmen", hatte Fred gesagt. „Ich kann beim besten Willen nicht beim Spalten helfen. Glaubst du, dass du alleine damit klarkommst?"

Linus seufzte, er kannte niemanden sonst, den er hätte fragen können, ob er ihm helfen würde. Beim Anblick der Holzmenge überschlug er, wie lange er dazu brauchen würde, um sie in handliche Scheite zu verwandeln, und er ging davon aus, dass das an ein-, zwei Tagen ganz sicher nicht zu schaffen war.

‚Nun gut‘, dachte er, letztendlich spielte es keine Rolle, wie lange er noch in Altenstede blieb. Inzwischen kannte er den *Timeflyer* gut genug, um zu wissen, wie er ihn bei seiner Rückkehr nach Berlin so einstellen konnte, dass er seine Urlaubszeit von insgesamt vierzehn Tagen nicht überzog.

Lorie war aus dem Haus gekommen und baute sich neben ihm auf, den Blick sorgenvoll auf den Holzhaufen gerichtet.

„Es tut mir leid, dass wir so viele unserer Arbeiten auf dich abwälzen, Linus“, sagte sie. „Und jetzt auch noch das Holz. Natürlich mußt du das nicht umsonst machen, du mußt mir nur sagen, was du dafür verlangst. Ich habe keine Ahnung, aber sicher gibt es eine Art festen Satz für solche Arbeiten… „

Linus winkte ab. „Ich mach das doch gern, das weißt du“, antwortete er, aber sie hob abwehrend die Hand. „Nein, nein, ich werde mich erkundigen, wieviel du dafür bekommen mußt. Vielleicht kann ich dir auch ein bisschen zur Hand gehen dabei.“

„Ich wünschte nur, die Mädchen würden dir ein bisschen mehr helfen“, wiederholte er zum soundsovielten Male.

Sie hob die Schultern. „Sie sind doch noch jung und haben alles Mögliche im Kopf. Besonders Mellie. Sie ist noch ein halbes Kind. Und zudem eine Träumerin. In ihrer Welt gibt es keinen Haushalt, der versorgt werden muß. Allenfalls Tiere, denen man etwas vorsingen muß, damit es ihnen gut geht. Als sie noch klein war, hat sie den Hühnern jeden Abend eine Gute-Nacht-Geschichte erzählt, damit sie mehr Eier legen."

„Oh je, dann haben ihr die zerschlagenen Eier bestimmt besonders wehgetan," meinte Linus in Erinnerung an den Fahrradunfall.

Lorie lachte. „Inzwischen sieht sie das wahrscheinlich ein bisschen anders, aber wäre das damals passiert, hätte sie dich garantiert des Mordes bezichtigt. Des Mordes an den kleinen Wesen, die ja meistens schon drinstecken in den Eiern, auch wenn sie letztendlich nicht ausgebrütet werden. Sie interessiert sich für alles, was die Natur betrifft, liest alles, was sie darüber in die Finger bekommt. Ich glaube, sie ist die Gescheiteste von uns dreien, und wenn unser Vater noch leben würde, würde er bestimmt dafür sorgen, dass sie eine entsprechende Ausbildung bekommt. Er wäre mit einer Stelle im Supermarkt wahrscheinlich auch nicht zufrieden gewesen. Aber was soll ich denn machen…?"

Sie seufzte tief. „Und Sylvie…", fügte sie dann hinzu. „Sie hat immerhin ihren Beruf, in dem sie gefordert wird und ihren Mann stehen muß. Und in dem sie auch gut ist, wie ihre Zeugnisse zeigen. Aber wenn sie Feierabend hat, dann lebt auch sie in einer anderen Welt. In der von Stars und Sternchen, von attraktiven gutaussehenden Männern und wunderschönen, bildhübschen Frauen, die sich alle nicht selbst um die Arbeiten in ihrem Haushalt kümmern müssen. Sie weiß genau, was sie tun muß, um den Mannsleuten zu gefallen. Ich hoffe nur, dass sie einmal so ein Leben haben wird, wie sie es sich erträumt." Sie schüttelte den Kopf und winkte ab. „Nein, keine von beiden ist es gewohnt, die Realität zu akzeptieren, wie sie ist. Keine hatte je Lust, mit anzupacken. Ich war immer die einzige, der es Spaß gemacht hat, zusammen mit unserer Mutter dafür zu sorgen, dass Haus und Garten stets in Ordnung waren. Mama und ich, wir waren immer ein gutes Team.“

In Erinnerung versunken starrte sie vor sich hin.

„Aber jetzt seid ihr alleine“, warf Linus ein. „Ich finde nicht, dass sie zu jung sind, um dir zu helfen. Silvia ist immerhin achtzehn und Mellie auch schon sechzehn.“

Lorie lachte. „Noch nicht ganz, sie hat erst im nächsten Monat Geburtstag.“

Auch Linus lachte. „Na, auf die paar Tage kommt es auch nicht mehr an.“ Dann wurde er wieder ernst. „Nein, wirklich, Lorie. Was würden sie denn tun ohne dich?“

„Nichts. Sie würden wollen, dass wir das Haus verkaufen.“

„Und Miete zahlen für eine Wohnung?“

Sie seufzte. „Es wird ja eh‘ nicht mehr allzulange dauern, bis sie heiraten, dann kann ich es immer noch verkaufen. Bis dahin muß ich wenigstens dafür sorgen, dass das Notwendigste getan wird.“

Linus schüttelte den Kopf. „Möchtest du denn nicht auch heiraten und eine Familie gründen? Ich könnte mir vorstellen, wie schön es für dich wäre, hier zu leben, in diesem Haus, in dem du groß geworden bist. Mit einer eigenen Familie. Mit einem Mann, der dir beisteht, und Kindern…“

Er schluckte und fuhr sich mit der Hand über die Augen. Er wußte, er sollte nicht so mit ihr reden. Sie war seine Mutter, auch wenn sie nichts davon ahnte und ihn mit ganz anderen Augen sah. Vielleicht gerade deshalb. Außerdem wußte er, dass sie niemals ein so schönes Leben haben würde, wie er es beschrieb.

„Es ist nicht einfach, den Richtigen zu finden", sagte sie, und er spürte, dass sie ihn dabei ansah, als wüsste sie genau, wen sie sich als Partner in diesem Haus wünschte.

Erneut schüttelte Linus den Kopf. Er wußte ja, eines Tages würde sie jemanden finden, der dann sein Vater war. Doch wäre er der Richtige? Er machte sich Sorgen um sie, und die Erinnerung an das, was er erfahren hatte, lastete schwer auf seiner Seele.

„Du wirst den Richtigen finden, da bin ich ganz sicher", sagte er, indem er sich abwandte. „Nur darfst du nicht Tag für Tag zu Hause sitzen. Du mußt ausgehen, Menschen treffen, Spaß haben…"

Sie lachte wieder. „Ich wünschte, ich würde ihn finden, ohne dabei aus dem Haus gehen zu müssen."

Er überlegte, ob jetzt vielleicht der richtige Augenblick gekommen war, um ihr zu sagen, dass er Altenstede bald verlassen würde, - entweder, sobald die Sache mit dem Holz erledigt war, oder spätestens nach Mellies Geburtstag.

In diesem Augenblick sah er Rainer Moser mit seinem Roller unter der Tanne stehen.

„Ich glaube, da haben wir für heute schon einen Helfer", sagte er und wies auf den Hofausgang.

Lorie winkte ab. „Der wird einen anderen Grund haben, um hier zu sein."

Linus lachte. „Schon möglich, aber… Laß mich mal machen." Langsam ging er über den Hof auf Rainer zu.

„Silvia ist nicht zu Hause“, sagte er zu ihm, „aber falls dir die Warterei zu langweilig wird, hätte ich eine schöne Beschäftigung für dich.“

Der Junge kniff die Augen zusammen, schwieg aber. Er schien davon auszugehen, dass sich Linus eine Boshaftigkeit ausgedacht hatte, um ihn, stellvertretend für Lorie, vom Hof zu vertreiben.

„Siehst du das Holz da drüben?“

„Ja, warum?“

„Wenn du ein Kerl bist, könntest du mir beim Spalten helfen.“

Rainer schien diesen Vorschlag nicht ernst zu nehmen. Er grinste. „Das mach du mal schön alleine.“

„Und du siehst mir dabei zu?“

„Warum nicht?“

„Ich dachte ja eigentlich, du seist hier, um Silvia zu imponieren. Aber scheinbar ist es dir gleichgültig, was sie von dir hält und wie sie über dich denkt.“

Rainer wurde unsicher, wußte nicht, was er darauf antworten sollte.

„Stell dir vor, sie sieht mich hier schweißgebadet beim Holzhacken, und du sitzt daneben auf deinem Roller und schaust mir zu. Glaubst du, dass ihr das gefallen würde?“

Er zuckte die Schultern.

„Ich denke eher, dann wärst du ganz schnell unten durch bei ihr. Also überleg dir’s.“

Rainer brummelte vor sich hin.

„Wenn du Eindruck schinden willst“, fügte Linus hinzu, „solltest du schon was dafür tun“,

„Wie ich sehe, hast du eh' nur *einen* Hackklotz", grinste Rainer.

„Oh, daran soll's nicht fehlen. Im Schuppen steht ein zweiter. Komm, hilf mir, ihn zu holen. Was glaubst du, was für Augen die Silvie machen wird, wenn sie kommt und dich sieht..."

Das Bild, das er heraufbeschwor, schien die Wirkung nicht zu verfehlen, denn nach kurzem Nachdenken stieg Rainer vom Roller. „Gut, aber lange hab ich nicht Zeit."

Linus lachte. „Zumindest so lange, bis Silvie kommt. Sie soll doch sehen, wie fleißig du bist, oder nicht?"

Rainer folgte Linus in den Schuppen und gemeinsam trugen sie den zweiten Spaltklotz auf den Hof hinaus. Eine weitere Axt war auch schnell gefunden, denn, wie es aussah, hatte der Wagner-Vater stets Hilfe beim Holzspalten gehabt.

Im Grunde war Linus solche Arbeiten genauso wenig gewohnt, wie Rainer, doch er war älter, hatte zwischendurch immer wieder mal ein bisschen Sport getrieben und gab sich jetzt Mühe, dem Jüngeren ein Vorbild zu sein. Der Gedanke, dass Lorie ihm dabei zusah, - sie stand nicht mehr an der Tür, aber er war sich sicher, dass sie ihm vom Fenster aus zusah, - löste gemischte Gefühle bei ihm aus. Nein, eigentlich wollte er ihr nicht imponieren, er wollte ihr nur helfen. Gleichzeitig gefiel es ihm aber doch, wenn sie ihn bewunderte, obwohl er wußte, dass das nicht gut war. Weder für Lorie noch für ihn. Und erneut stand für ihn fest: Er mußte gehen, und zwar so schnell wie möglich.

Rainer schwitzte, und immer wieder sah es so aus, als wollte er aufgeben, doch dann sah er Silvie auf dem

Fahrrad den Weg vom Dorf heraufgeradelt kommen, und das verlieh ihm ungeahnte Kräfte. Er holte so mächtig aus, dass die Holzscheite nur so davonsprangen.

Als Silvia vor ihnen vom Rad stieg und Rainer verwundert zusah, mußte Linus schmunzeln.

„Dein Freund war so nett, mir seine Hilfe anzubieten", sagte er. „Das habe ich natürlich nicht ablehnen können. Ohne ihn wäre ich noch lange nicht so weit."

Es fiel ihm schwer, den leisen Spott in seiner Stimme in Grenzen zu halten, aber Rainer hütete sich, sich über ihn zu beschweren, und Silvia war so angetan von ihrem Verehrer, dass sie es gar nicht bemerkte. Sie war auch sofort bereit, damit anzufangen, die Holzscheite an der Hauswand aufzuschichten, und das war für Rainer Grund genug, fleißig weiterzumachen.

Lorie schien sich zu Herzen genommen zu haben, was ihr Linus zu erklären versucht hatte: Sie mußte unter Leute gehen, sie mußte am Dorfleben teilnehmen. Ihrer Meinung nach mußte das jedoch nicht unbedingt etwas sein, was Spaß machte und Lebensfreude ausdrückte, deshalb entschied sie sich zunächst für die Jahresversammlung des Bürgervereins in der Aula der Schule. Zwar dachte sie zuerst wirklich daran, sich besonders hübsch zu machen, doch als sie dann im Badezimmer vor dem Spiegel stand, den Lippenstift in der Hand, kamen ihr Zweifel. War es nicht genug, wenn sie das Haar adrett aufgesteckt hatte und nett angezogen war? Man war nicht gewohnt, dass sie sich anmalte, wahrscheinlich würde man hinter ihrem Rücken nur lachen bei ihrem Anblick und daraus schließen, dass sie auf der Suche nach einem Mann sei. Also ließ sie es bleiben.

Bei der Versammlung meldete sie sich auch nicht zu Wort, obwohl es Punkte gab, zu denen sie gern etwas gesagt hätte. Wahrscheinlich hätte man sie eh‘ nicht ernstgenommen, dachte sie. Ihr Vater war immer ein respektabler Mann gewesen, mit ihm an ihrer Seite hätte sie sich vielleicht etwas zu sagen getraut, aber wer legte schon Wert auf das, was eines der Wagner-Mädchen dachte? Deshalb wollte sie zunächst einmal nur zuzuhören. Spätestens bei der nächsten Versammlung würde das eine oder andere Thema wieder aufs Tapet kommen, und vielleicht war sie bis dahin soweit, dass sie ihre Gedanken vortragen konnte, ohne sich zu genieren.

Immerhin war es, - alles in allem, - ein sehr interessanter Abend gewesen, fand sie, und als sie sich gegen zehn Uhr auf den Heimweg machte, ging ihr noch immer so vieles durch den Kopf. Sie dachte sich, dass sie sich das, was ihr zu den einzelnen Themen eingefallen war, für das nächste Mal unbedingt aufschreiben mußte.

Inzwischen war es fast dunkel geworden. Der Himmel war klar und sternenübersät und der Mond war als schöne gelbe Sichel zu erkennen. Einen Augenblick lang blieb Lorie stehen und atmete die milde Abendluft tief in ihre Lungen hinein. Es war schön, dass sich der Oktober noch einmal von seiner schönsten Seite gezeigt hatte, bevor er dem November das Feld überließ. Linus hatte recht, dachte sie, sie sollte nicht dauernd nur zu Hause sitzen. Die Welt konnte so schön sein, selbst wenn einem nur das durch den Kopf ging, was bei der Versammlung besprochen worden war.

Sie hatte es nicht mehr weit, schon sah sie das Haus durch die Bäume und das Buschwerk schimmern, und... auf einmal fiel ihr auf, dass es völlig im Dunkeln lag. Silvia war sicher noch unterwegs, sie kam häufig erst spät nach Hause, möglicherweise hatte sie sich mit Rainer Moser getroffen, und der war eigentlich ein ganz netter Junge. Außerdem war sie volljährig und ließ sich nicht mehr viel von ihrer Schwester sagen.

Doch was war mit Mellie? Normalerweise hätte man das Licht in ihrem Zimmer brennen sehen müssen. Einen gedämpften Lichtschein, der durch die zugezogenen Vorhänge fiel. Doch da war nichts zu sehen. Auch Mellie schien nicht zu Hause zu sein.

Lorie spürte einen Stich im Magen, - sie wußte nicht, ob vor Angst und Sorge oder vor Zorn. Das Kind war erst fünfzehn, - gut, in wenigen Tagen war sie sechszehn, doch das hieß nicht, dass sie ab jetzt abends fortbleiben konnte, solange sie wollte. Schließlich hatte sie, Lorie, als älteste Schwester immer noch die Verantwortung für sie, - sechszehn hin oder her.

Ihre Schritte wurden schneller. Als sie die Hofeinfahrt erreichte, rannte sie fast. Obwohl ihr klar war, dass das nichts brachte, sollte Mellie tatsächlich nicht zu Hause sein. Als sie die Haustür aufschließen wollte, stellte sie zudem fest, dass sie gar nicht verschlossen war. Nun wurde sie ernsthaft ärgerlich. Wie hatte das Mädchen so leichtsinnig sein können? Und wohin war sie gegangen? Doch plötzlich hörte sie Stimmen. Ganz entfernt und entsprechend leise. Sie wußte nicht, woher sie kamen. Eine Weile rührte sie sich nicht und lauschte nur. Ganz eindeutig schien eine davon Mellies Stimme zu sein. Die andere gehörte einem Mann, aber sie war so leise, dass sie nicht herausfand, wer er sein könnte. Alle Farbe war ihr aus dem Gesicht gewichen, und vorsichtig ging sie den Stimmen nach. Sie führten sie hinter das Haus, doch als sie dort ankam, sah sie niemanden.

„Glaubst du, dass alle Menschen, die jemals gestorben sind, jetzt da oben ihren Stern haben?" hörte sie Mellie fragen, und die Männerstimme antwortete leise: „Das könnte ich mir gut vorstellen."

Lorie ging ein paar Schritte weiter in den Garten hinein.

„Dann sind Mama und Papa jetzt auch da oben. Und wenn sie zu uns runtergucken, dann sehen sie, dass du zu uns gekommen bis, um uns zu helfen."

„Vielleicht."

„Ganz sicher. Vielleicht waren sogar *sie* es, die dich zu uns geschickt haben. Du hast doch selbst gesagt, du hättest gar keinen bestimmten Grund gehabt, nach Altenstede zu kommen. Wahrscheinlich haben sie deinen Weg absichtlich hierher gelenkt."

Lories Hände ballten sich zu Fäusten, sie biss sich vor Zorn auf die Lippen. Noch immer sah sie nichts, obwohl ihre Augen längst an die Dunkelheit gewöhnt waren. Wo waren sie? Und was hatte er vor? War das von Anfang an sein Plan gewesen, eine ihrer Schwestern zu umgarnen? Hatte er dafür all die Arbeit auf sich genommen, um bei einer von ihnen zu landen? Um Silvie hätte sie keine Angst gehabt, die wüsste sich zu wehren, aber Mellie… Die war so naiv und unbedarft, mit ihr hatte er leichtes Spiel. Verdammt, er sollte wieder zurück nach Berlin gehen, von wo er gekommen war. Sie kam alleine zurecht, sie brauchte ihn nicht. - Oder etwa doch? - Sie spürte Tränen in ihren Augen. Brauchte sie ihn nicht viel mehr noch als Silvie oder Mellie?

Sie ging einen Schritt weiter auf die Stimmen zu, riss die Augen auf, um besser sehen zu können. Und schließlich sah sie sie tatsächlich. Dort, wo die Wiese ein wenig abschüssig war, hatte Mellie eine Decke ausgebreitet, auf der sie nun lag und in den Sternenhimmel starrte. Linus hockte daneben, nicht ganz auf der Decke, - er schien seinen Sinn für Anstand doch noch nicht ganz verloren zu haben, dachte Lorie, aber trotzdem war sie wütend auf ihn.

„Verdammt noch mal, was macht ihr hier draußen!", durchschnitt ihre schrille Stimme die Stille des Abends. „Was fällt euch ein, mich so in Angst und Schrecken zu versetzen?"

Sie fuhren beide in die Höhe.

„Lorie! Was ist denn los?" fragte Melanie verwirrt, während Linus aufgestanden war und Lorie nur schweigend anstarrte.

„Ich habe mir Sorgen gemacht", verteidigte sich Lorie, obwohl ihr auch ganz andere Gedanken durch den Kopf gegangen waren.

„Weshalb denn Sorgen?"

„Ich habe kein Licht brennen sehen, deshalb dachte ich, du seist nicht zu Hause."

„Wo sollte ich denn sonst sein", antwortete Melanie leise.

„Es war meine Schuld", meinte Linus. „Es war so ein schöner Abend und Melanie war so traurig. Da dachte ich, wir setzen uns ein bisschen in den Garten und reden miteinander."

„Traurig? Warum warst du traurig?" Aber sie wartete die Antwort gar nicht erst ab, sondern wandte sich heftig an Linus. „Und was machst du um diese Zeit überhaupt noch hier? Wo steht dein Auto? Wenn ich dein Auto gesehen hätte…"

Melanie hatte sich wieder auf die Decke gesetzt und Linus setzte sich demonstrativ neben sie. „Sei nicht ungerecht, Lorie. Keiner von uns hat was Böses im Sinn gehabt."

„Aber ihr…"

„Nichts aber. Ich war auf dem Friedhof und hab mein Auto vor der Kirche stehen lassen. Ich dachte, heut ist ein so schöner Abend, da lauf ich noch ein Stück…"

„Was machst du denn auf dem Altensteder Friedhof?"

„Ich war am Grab eurer Eltern."

„Warum denn das…?"

Linus erhob sich nun doch. „Warum denn nicht?"

„Ich war auch auf dem Friedhof", meldete sich nun Melanie leise. „Ich hab ein paar von den Herbstastern auf ihr Grab gestellt. Die *lila Sterne*, wie Mama immer gesagt hat."

„Dazu musstest du nicht warten, bis es dunkel ist."

„Es war noch nicht dunkel, als ich dort war."

„Hast du gewußt, dass sie dort war?" wandte sich Lorie an Linus.

Nun war er es, der ärgerlich war. „Mein Gott, Lorie, was ist denn los mit dir? - Nein, ich habe es *nicht* gewußt, ich habe sie weinend dort sitzen sehen. Ich wollte sie nicht allein lassen."

Auch Lorie setzte sich jetzt ins Gras. „Sie ist nicht die einzige, die unsere Eltern vermisst", sagte sie leise.

„Das weiß ich. Und ich weiß, wie schwer du es hast, weil du denkst, du müßtest immer die Stärkste sein. Aber glaub mir, Mellie weiß das auch."

„Ja, Lorie", kam Melanies Stimme aus dem Dunkel. „Du bist die liebste und beste Schwester, die man nur haben kann."

Lorie hatte die Knie angezogen und das Gesicht in den Armen vergraben. Es war nicht auszumachen, ob sie weinte, aber Linus hielt es durchaus für möglich. Er wußte aber, dass es ein Fehler wäre, sie jetzt in den Arm zu nehmen, zu streicheln oder zu trösten. Deshalb entschied er sich für das Gegenteil. Er stand auf, reckte sich und gähnte und sagte so beschwingt wie möglich: „So, jetzt werde ich nach Hause gehen, in mein feudales Hotelzimmer, und eine Runde schlafen, denn ich bin müde. Und ihr solltet das gleiche tun. Wir sehen ins dann morgen früh wieder. Und hoffentlich in alter Frische und in bester Laune."

14.

Abschied

Linus hatte sich für Melanies sechzehnten Geburtstag etwas ganz Besonderes ausgedacht. Er wußte, wie gern sie las, wie sehr sie sich für alles interessierte, was man über andere Länder und frühere Zivilisationen in Erfahrung gebracht hatte. Und auch für alles, was noch im Dunkeln lag, und was selbst die moderne Wissenschaft noch nicht restlos hatte klären können.

Da gab es ein Buch, in dem er selbst schon vor Jahren gern gestöbert hatte: *„Die Wunder dieser Welt"*, und er war extra nach Wackenstein gefahren, weil es dort eine Buchhandlung gab, bei der er das Buch bestellen konnte. Am Tag vor dem Geburtstag holte er es ab, und bevor es die Verkäuferin als Geschenk hübsch verpackte, hatte er es noch einmal durchgeblättert. Er hatte lächeln müssen, weil er überzeugt davon war, dass Melanie nun für Wochen oder gar Monate beschäftigt sein würde, sich durch die großartigen Wunder dieser Welt zu lesen. In diesem Buch konnte sie so vieles erfahren, was sie zum Staunen bringen würde, - ob es sich um die Alten Ägypter handelte, an die sie ihr Herz verloren hatte, oder um andere historische Völker. Ob es um Astrologie ging, oder um Geographie, um die Weltmeere und die Kontinente mit ihren Bewohnern und all ihren Inseln... Es gab nichts, worüber ein wissbegieriger junger Mensch in diesem Buch nichts fand, was ihn faszinierte.

Auch Lorie hatte sich vorgenommen, Melanies Geburtstag zu einem ganz besonderen Tag zu machen. Ihr war klar, wie schwer es für die Jüngste von ihnen war, das persönliche Wiegenfest erstmals ohne die Eltern zu verbringen.

Schon zum Frühstück hatte sie Gäste eingeladen, damit trübe Stimmung gar nicht erst aufkommen konnte. Nicht nur Linus, der ja fast schon zur Familie gehörte war da, sondern auch Rainer Moser, weil er so fleißig beim Holzspalten geholfen hatte, und weil sie der Meinung war, dass Silvia mit ihm möglicherweise gar nicht so übel dran war. Dass sie auch zwei von Melanies ehemaligen Schulfreundinnen eingeladen hatte, war mehr oder weniger eine Schutzmaßnahme, weil sie glaubte, dass die Anwesenheit der beiden jungen Männer weniger verfänglich schien, wenn die Anzahl der weiblichen Gäste überwog.

Zum Mittagessen gab es einen Schweinebraten wie es ihn früher nur an Festtagen wie Weihnachten oder Ostern bei den Wagners gegeben hatte, und während Lorie ihrer Mutter damals nur dabei geholfen hatte, war es diesmal das erste Mal, dass sie sich ganz allein daran wagte.

Linus freute sich auf den Moment, wenn Melanie sein Geschenk auspacken würde, er konnte es kaum erwarten, ihr Gesicht zu sehen. Und ihre Reaktion war dann auch ganz genau so, wie er es sich erhofft und gewünscht hatte. Nachdem sie das Geschenkpapier entfernt hatte, - ungestüm, ohne darauf zu achten, ob es heil blieb und vielleicht ein weiteres Mal wieder verwendet werden konnte, - starrte sie eine Sekunde lang auf den Buchtitel, dann stieß sie einen schrillen Freudenschrei aus, hüpfte in die Höhe, flog auf Linus zu und küsste ihn stürmisch auf die Wange. Lorie war erschrocken, sie hatte nicht damit gerechnet, dass ihre Schwester ihren Gefühlen so freien Lauf lassen würde. Ihr war das peinlich, deshalb schaute sie Melanie streng an. „Schäm dich, Mellie! Benimm dich nicht wie ein kleines Kind", maßregelte sie sie und stellte sich vor Linus, als müsste sie ihn vor weiteren Übergriffen schützen. Der aber lachte. „Sie freut sich doch nur", sagte er lächelnd, „und genau das hab ich doch auch gewollt, als ich das Buch für sie ausgesucht habe."

„Das ist das schönste Geburtstagsgeschenk, dass ich bekommen habe", strahlte Melanie. Und noch mehr strahlte sie, als sie kurz darauf auch das Lesezeichen mit der Aufschrift: ‚Für Nefer-Mellie‘ entdeckte, weil auf der Rückseite die Erklärung einiger altägyptischer Hieroglyphen und Ausdrücke erklärt war. Auf diese Weise erfuhr sie, dass ‚nefer‘ ganz einfach nur ‚schön‘ bedeutete. Dass Linus sie demzufolge schön fand, machte sie sehr glücklich.

Später saß sie dann auf der Eckbank, vertieft in eines der ersten Kapitel ihrer neuen Lektüre, und die zwei Freundinnen rechts und links von ihr schauten ihr über die Schulter. „Er weiß alles", flüsterte sie ihnen zu, „und wenn ich etwas nicht verstehe, dann brauche ich ihn nur zu fragen."

Und voller Hochachtung, und auch mit der angemessenen Portion Neid schauten beide zu ihm hinüber.

Ursprünglich hatte Linus den Schwestern schon viel früher sagen wollen, dass seine Heimreise kurz bevorstand. Das erste Mal, nachdem das Holz aufgeschichtet gewesen war, und später dann nach Mellies Geburtstag. Doch es fiel ihm schwer, deshalb schob er es immer wieder hinaus. Es eilte ja nicht, sagte er sich. Außerdem müsste man vorher gründlich miteinander darüber reden, und das ging nicht zwischen Tür und Angel.

Wahrscheinlich war Lorie die einzige, die wirklich darauf vorbereitet war. Natürlich wussten es auch die andern beiden, doch sie schienen nur selten darüber nachzudenken. Und darüber nachdenken wollte Linus eigentlich auch nicht. Doch es mußte sein.

Allerdings hatte er tatsächlich schon ein paarmal ernsthaft überlegt, ob es nicht vielleicht doch eine Möglichkeit für ihn gab, für immer in Altenstede zu bleiben. Im alten Altenstede. Doch ganz schnell war ihm klargeworden, dass das unmöglich realisierbar war. Wäre es nur um einen anderen Ort gegangen... Aber es war eine andere Zeit. Wie sollte sein Leben weitergehen, ohne Papiere und zwanzig Jahre bevor er tatsächlich zur Welt gekommen war? Was würde aus seinem Leben in Berlin werden? Was würde Karin dazu sagen?

Auch ein Hinundherreisen zwischen den Zeiten kam nicht in Frage, das könnte kein Mensch lange durchhalten. - Das wichtigste Argument jedoch, was dagegensprach, war Lorie. Sie war seine Mutter. Sollte er sie bespitzeln, um herauszufinden, wer sein Vater war? Und sollte sie sich wirklich in *ihn* verliebt haben, wie es manchmal den Anschein hatte, würde sie dann überhaupt Interesse an einem anderen Mann zeigen? Vielleicht forderte er es dadurch geradezu heraus, dass sie an den Falschen geriet, dass sie gezwungen war, etwas zu tun oder zuzulassen, was sie eigentlich gar nicht wollte? Und was sollte er tun, wenn er von ihrer Verletzung erfuhr? - Nein, um Gottes Willen, nein! Er durfte ihre Zukunft nicht beeinflussen, er mußte ihrem Schicksal seinen Lauf lassen, deshalb mußte so schnell wie möglich aus ihrem Leben verschwinden. Und sie durften sich nie wiedersehen.

Etwa zwei Wochen nach Melanies Geburtstag, - er war mit Lorie allein im Haus, - nahm er all seinen Mut zusammen. Er lehnte am Rahmen der Küchentür und sah ihr eine Weile zu, wie sie sich die Zutaten für einen Kuchen zurechtstellte. Sie lächelte ihm zu, ohne ihre Arbeit zu unterbrechen. „Na? Was sagst du zu einem Marmorkuchen? Der kommt dir doch sicher gelegen, oder?"

Er lächelte zurück. „Klar! Kuchen kommt mir immer gelegen. Dafür bin ich jederzeit zu haben, wie du inzwischen ja weißt. Deinen Kuchen werde ich sehr vermissen, wenn ich nicht mehr hier bin."

Sie zuckte zusammen und hielt einen Augenblick inne. „Wie meinst du das?"

„Kannst du dir das nicht denken, Lorie?" Und als sie nicht antwortete, sondern ihn nur anstarrte, fügte er hinzu: „Du hast doch von Anfang an gewußt, dass ich nicht ewig hierbleiben kann."

„Nein, hab ich nicht!" Mit einer heftigen Bewegung schüttete sie das Mehl aus dem Messbecher in die Backschüssel.

„Aber jetzt schwindelst du. Ich hab keinen einzigen Tag lang verschwiegen, dass ich irgendwann wieder zurück nach Berlin muß."

„Du hast aber auch nicht verschwiegen, dass es dir hier bei uns gefällt."

„Natürlich gefällt es mir bei euch, sonst wäre ich gar nicht so lange geblieben. Aber in Berlin hab ich meine Arbeit, meine Freunde, mein Haus… Ich muß mich endlich mal wieder um mein dortiges Leben kümmern."

„Das kannst du auch von Altenstede aus. Es gibt nichts, was du nicht von hier aus regeln könntest."

Er schüttelte den Kopf. „Da irrst du dich."

„Es gibt das Telefon, Handys, das Internet, Fax, Briefe…"

„Du kennst mein Leben in Berlin doch gar nicht. Was glaubst du, was hier für mich besser sein sollte, als dort? Und… glaubst du, dass es dort niemanden gibt, der mich vermisst, der auf mich wartet?"

Der Motor der Rührmaschine heulte auf, bevor er ganz stillstand. „Ach, das ist es also. Da gibt es jemanden, der auf dich wartet. Du hast nie jemanden erwähnt."

„Warum hätte ich das tun sollen?"

„Hast du etwa vor… zu heiraten?"

„Und wenn es so wäre?"

„Dann hättest du uns das schon viel früher sagen müssen."

„Sei nicht albern, Lorie. Es gab nie eine Veranlassung

für mich, euch meine persönlichen Pläne zu verraten.“

„Aber…“

„Nichts aber. Sei so lieb und sag es auch Mellie und Silvie.“

„Und… wann…?“

„Irgendwann in den nächsten Tagen, ich weiß es noch nicht genau. Ich wollte nur, dass ihr darauf vorbereitet seid. “

Sie gab ihm keine Antwort mehr, hantierte mit den Backutensilien und -geräten, als hinge ihr Leben davon ab.

„Vielleicht können wir uns morgen Abend alle mal zusammensetzen und drüber reden“, schlug er vor.

Als noch immer keine Antwort kam, wandte er sich abrupt um und ging. Er war ärgerlich über ihre Reaktion. - Wenngleich er sie auch verstehen konnte.

‚Sie werden sich daran gewöhnen‘, sagte er sich. So, wie auch er sich daran gewöhnen würde. Glaubten sie denn, *ihm* würde es leichtfallen, sie einfach so alleinzulassen? Es wäre immerhin endgültig, auch wenn sie das nicht wussten. Sie würden sich niemals mehr wiedersehen. Sie würden nicht einmal mehr voneinander hören. Nie wieder!

Am nächsten Tag fuhr er schon kurz nach dem Frühstück nach Wackenstein und versetzte sich dort in seine reale Zeit. Er regelte verschiedene Bankangelegenheiten und machte anschließend einen langen Spaziergang, bei dem er sich alle Möglichkeiten, die ihm eventuell blieben, noch einmal durch den Kopf gehen, ließ. Doch letztendlich stand für ihn fest: Er hatte keine

Wahl, er *mußte* zurück in seine Zeit, wollte er sein eigenes Leben und das derer, die er inzwischen liebgewonnen hatte und die ihm sehr viel bedeuteten, nicht völlig durcheinanderbringen.

Zu Mittag aß er, als Versuch, seine aufgewühlte und trübe Stimmung ein wenig zu besänftigen und aufzuhellen, in einem der besten Restaurants von Wackenstein. Danach führte ihn sein Weg in den Blumenladen, in dem er zu Beginn seiner Nachforschungen schon einmal einen kleinen Rosengruß für Gabriele gekauft hatte. Diesmal entschied er sich für zweiundzwanzig rote Rosen, - für jedes ihrer Lebensjahre eine Rose. Das war das einzige, was er für sie tun und was er ihr geben konnte.

Ihm war, als drücke ihm etwas die Kehle zu, als er vor dem Grabhügel mit dem einfachen Holzkreuz stand. *Gabriele Wagner aus Altenstede, gestorben am 28. August 2002. - An seinem Geburtstag.*

Er ging in die Knie. „Es tut mir so leid, Lorie, aber ich kann nicht bei dir bleiben", flüsterte er. „Ich kann dir nicht erklären, was zwischen uns steht, du würdest es nicht verstehen. Ich wünschte, du würdest einen netten Mann finden, wenn ich gegangen bin, einer, der gut zu dir ist. Einer, der nicht schuld daran ist, dass du so viel Leid erdulden mußt." Er fuhr sich mit dem Handrücken über die Augen. „Ich liebe dich, Lorie, aber nicht so, wie du es dir vielleicht erträumt hast. Ich liebe euch alle drei, und wenn ich könnte, würde ich gern noch eine Weile bei euch bleiben. Doch der Abschied würde kommen, so oder so, und je weiter ich ihn hinausschieben würde, desto härter würde er uns alle treffen.“

Ich liebe euch alle drei, hatte er gesagt, doch das war nicht ganz richtig. Es gab einen ganz besonderen Platz in seinem Herzen, aber darüber wollte er nicht nachdenken. Später vielleicht einmal, wenn er wieder in Berlin war, aber nicht jetzt.

Nach dem Besuch auf dem Friedhof fuhr er zum Bahnhof und ließ sich eine Verbindung nach Berlin heraussuchen. Noch zögerte er, eine Fahrkarte zu kaufen, doch er sah ein, dass es nichts an seiner Situation änderte, wenn er seine Abreise schon wieder verschob. Am nächsten Tag wollten sie alle noch einmal zusammenkommen, warum sollte er nicht schon am Tag darauf fahren? Übermorgen war der richtige Tag, - nicht besser und nicht schlechter, als jeder andere.

Er fuhr noch einmal zurück zum Bahnhof, um sein Ticket zu buchen. Endgültig! Es *mußte* zu Ende sein.

Es war spät, als er aus der realen Zeit in Wackenstein in das Altenstede der Vergangenheit zurückkehrte. Er zog sich in sein Zimmer im *Krug* zurück, aber er konnte nicht einschlafen, konnte nicht zur Ruhe kommen, fiel erst gegen Morgen in einen Dämmerschlaf.

Und doch wußte er, dass er für den neuen Tag ganz besonders viel Kraft brauchen würde, denn inzwischen hatte Lorie, wie er vermutete, auch mit Silvie und Mellie gesprochen.

15.

Mellie

Er fuhr erst am Nachmittag in Richtung Wagner-Haus, das bevorstehende Gespräch mit den Schwestern lastete wie ein Stein auf seiner Seele. Als er den Wagen parkte und ausstieg, war niemand zu sehen, und eigentlich wunderte er sich auch nicht darüber, dass ihm diesmal weder Lorie noch Mellie, wie so oft, aus der Haustür entgegenkamen, wenn sie ihn gehört hatten.

Als er den Flur betrat, duftete es nach frisch gebrühtem Kaffee, und dass es überhaupt Kaffee gab, wertete er als versöhnliche Geste vonseiten Lories. In der Küche war der große Tisch gedeckt, und in der Mitte stand der Marmorkuchen, den sie am Tag zuvor im Zorn gebacken hatte. Sie selbst saß an der Stirnseite und lächelte ihm entgegen.

„Ich hoffe, dein Appetit auf Marmorkuchen ist dir nicht abhandengekommen", sagte sie.

Er lächelte zurück. „Nein, ganz und gar nicht. Ich glaube kaum, dass es viel gibt, was mir den vermiesen könnte. Wo sind denn die anderen beiden?"

Er setzte sich und sie schenkte ihm Kaffee ein.

„Silvie kommt erst in einer Viertelstunde, - du weißt doch, dass sie bis fünf Uhr arbeitet. Und wo sich Mellie rumtreibt…, ich habe keine Ahnung."

„Wie hat sie es denn aufgefasst?"

„Du meinst Mellie?" Sie hob die Schultern. „Wahrscheinlich genauso wie wir anderen auch. Es kommt jetzt ein bisschen plötzlich."

„Irgendwann mußte es ja sein, hast du ihnen das nicht gesagt?"

Sie schnitt den Kuchen an und balancierte ein großes Stück auf seinen Teller.

„Silvie schien es zu verstehen, aber Mellie ist fast ausgerastet."

„Sie wird sich genauso damit abfinden."

„Wir haben uns halt inzwischen an dich gewöhnt," sie lächelte wieder, „aber du reist ja nicht zu einem anderen Stern…"

„Nein, das nicht, aber…" ‚Aber in Wahrheit reise ich viel viel weiter, als du es dir vorstellen kannst,' dachte er. ‚So weit, dass es kein Zurück mehr geben wird.'

„Du mußt mir noch deine Anschrift und deine Telefonnummer und all diese Sachen aufschreiben."

Er nickte nur, sah sie aber nicht an dabei.

„Nicht, dass du es am Ende noch vergisst."

Kurz darauf hörte man Mellie heimkommen, doch sie stürmte nur wortlos durch die Kühe und dann die Treppe hinauf in ihr Zimmer. Das tat Linus weh, und am liebsten wäre er ihr nachgegangen, doch er wußte, dass das ein Fehler wäre. Sie würde von selbst zurückkommen, sagte er sich.

„Es wird eine Weile dauern, bis sie sich damit abgefunden hat", meinte Lorie.

Er sah sie prüfend an. „Und du?"

„Bei mir auch, aber im Gegensatz zu ihr bin ich erwachsen und weiß, dass nicht immer alles so läuft, wie man es sich wünscht. Für sie ist es doppelt schwer, weil es noch nicht lange her ist, dass sie unsere Eltern verloren hat. Jetzt hat sie sich an dich gewöhnt und dich akzeptiert, und nun gehst du auch wieder.“

Linus nickte. „Das verstehe ich ja, aber wie ich schon sagte: Ich hab nun mal mein Leben in Berlin, und das muß *auch* weitergehen.“

Eine Weile schwiegen sie und tranken ihren Kaffee. Linus hatte zwei Stücken von dem Kuchen gegessen, als Mellie wieder herunterkam und in Richtung Haustüre davonlief.

„Halt, Mellie, wo willst du hin?“. Lorie sprang auf und versuchte, sie zurückzuhalten.

„Ist doch egal, oder?“

„Nein, das ist nicht egal.“

Nun versuchte auch Linus, sich einzuschalten. „Wenn du ärgerlich auf mich bist, Mellie, dann laß deinen Ärger nicht an Lorie aus. Sie kann nichts dafür, dass ich gehe.“

„Ich auch nicht, oder?“ war die Antwort, und schon hatte sie die Haustür geöffnet und ließ sie lautstark hinter sich wieder zufallen.

Lorie und Linus sahen einander bekümmert an. „Ich werde später versuchen, noch einmal mit ihr zu reden“, meinte Lorie.

Er nickte. „Wir wollen doch morgen nicht im Streit auseinandergehen.“

„Wirklich schon morgen?“ fragte sie leise.

Er nickte. „Ob morgen oder übermorgen, das ändert nichts daran, dass uns die Trennung schwerfällt. Im Gegenteil.“

Sie beschlossen, dass Linus am nächsten Vormittag ins Wagner-Haus kommen sollte, dann wollten sie alle zusammen im Opel nach Oldenburg fahren und das Auto, das immer noch auf Freds Namen lief, sollte dann an Lorie übergeben werden. Steuer und Versicherung hatte er für ein Jahr im Voraus bezahlt, er hoffte, dass Fred es anschließend übernehmen würde, sich weiterhin um alles zu kümmern, was das Auto betraf.

Der Zug von Oldenburg in Richtung Hannover ging am frühen Nachmittag, bis dahin würde ihnen reichlich Zeit bleiben, sich voneinander zu verabschieden.

Als Silvie vom Büro kam, war Mellie immer noch nicht zu Hause.

„Sei so lieb und versuche, sie zu finden", sagte Lorie zu ihr. „So langsam mach ich mir Sorgen. Du weißt ja, wie sehr sie ausgeflippt ist, als sie davon erfahren hat, dass Linus' Abreise so kurz bevorsteht. Du warst ja dabei."

„In Ordnung, ich werde mich mal bei ihren Freundinnen umsehen."

Auch Linus machte sich Sorgen, er hatte nicht damit gerechnet, dass seine Abfahrt solchen Aufruhr auslösen würde. Auch nicht bei Mellie.

Er erhob sich. „Soll ich irgendwohin fahren, um nach ihr zu suchen?", bot er sich an. „Wo könnte sie denn sein? Gibt es einen Platz, wohin sie sich gern zurückzieht, wenn sie Kummer hat?"

Lorie schüttelte den Kopf. „Sie fängt sich wieder. Bestimmt. Morgen früh, wenn ihr Ärger verraucht ist, ist sie wieder ok." Sie schenkte ihm ein schiefes Lächeln.

„Dann ist sie nur noch traurig," sagte sie und fügte hinzu: „Wie wir alle."

Linus nickte. „Ja, wie wir alle." Er seufzte tief. „Also dann bis morgen früh."

„Ja, bis morgen früh", antwortete sie. Sie begleitete ihn nicht bis vor die Tür.

Linus hatte beschlossen, nach Wackenstein zu fahren, um sich zu betrinken. Er war der Meinung, das sei die einzige Möglichkeit, einigermaßen über einen Tag wie diesen hinwegzukommen. Dadurch würde er auch, wie er hoffte, in den nachfolgenden Stunden besonders gut schlafen, denn er fürchtete sich davor, die halbe Nacht wachzuliegen und mit Grübelei und Traurigkeit verbringen zu müssen. Notfalls, sollte er nicht mehr fahrtauglich sein sollte, wollte er sich ein Zimmer für eine Nacht nehmen und erst am nächsten Morgen in aller Herrgottsfrühe nach Altenstede zurückfahren.

Er setzte sich ans Steuer und startete den Motor. Automatisch begann die Musik zu spielen, das Radio war so eingestellt, dass es loslegte, sobald er den Zündschlüssel herumdrehte. Es war ein Love-Song, der plötzlich den ganzen Innenraum einnahm, ein Evergreen, der in seiner realen Zeit genauso geliebt wurde, wie in der, in der er sich noch immer aufhielt. Ein Liebeslied, das zu Herzen ging, - damals genauso wie heute. Das sein Herz schwerer machte, als es eh' schon war.

Es war fast dunkel draußen, als er die Landstraße in Richtung Wackenstein entlangfuhr. Er hatte die Scheinwerfer eingeschaltet, und die Lichter huschten nun über die Baumreihen auf der rechten Seite und warfen geheimnisvolle Schatten. Zwischen den Ästen der Baumwipfel schimmerte der Mond hindurch, immer in Bewegung, weil er, wie es schien, jeden einzelnen Meter neben ihm herschwebte.

Erschrocken bremste er ab, als er hinter sich ein Geräusch hörte. Er fuhr auf den rechten Randstreifen, hielt an und schaute sich um. Er wünschte, er hätte die defekte Innenbeleuchtung seines Wagens reparieren lassen, er hatte das aber nicht für wichtig gehalten, weil er selten in der Dunkelheit unterwegs war. Und wenn, dann brauchte er kein Licht im Innenraum des Autos. Die Lichter der Armaturen waren zu schwach, um den ganzen Wagen bis zum Fond auszuleuchten, und auf der Landstraße gab es keine Straßenlaternen. Dennoch bemerkte er, dass sich auf dem Rücksitz etwas bewegte. Und als er genauer hinschaute, sah er Melanie zusammengekauert auf der Rückbank sitzen.

„Um Gottes Willen, Mellie, was machst du hier?"

Sie gab ihm keine Antwort.

„Du hast mich erschreckt, da hätte wer weiß was passieren können."

Doch anstatt ihm in ihrer unbedarften Art lustig: „Ist ja aber nicht!" zu antworten, blieb sie weiterhin stumm. Er suchte im Handschuhfach nach seiner Taschenlampe.

„Mellie, was ist denn los?" fragte er, während er ihr ins Gesicht leuchtete und sie daraufhin versuchte, mit den Armen ihr Gesicht zu verdecken.

„Kannst du dir nicht vorstellen, welche Sorgen sich Lorie macht?"

„Linus, geh nicht! Bitte bitte, geh nicht", flehte sie ihn an. Nur ganz leise, aber das tat ihm weher, als wenn sie ihn angeschrien hätte.

„Wie stellst du dir das vor, Mellie, das geht nicht. Das habe ich euch doch erklärt.“

Sie ging nicht auf seine Antwort ein. „Laß mich nicht allein, Linus.“

„Du bist nicht allein. Du hast Lorie und Silvie, und eine Menge netter Leute hier in Altenstede.“

„Ich weiß nicht, was ich machen soll ohne dich.“ Sie weinte.

„Mellie!“ Er überlegte, was er tun könnte. Er warf einen Blick nach draußen, die Landstraße war finster. Er konnte den Wagen unmöglich hier auf halber Strecke stehenlassen. Man würde glauben, er hätte einen Unfall gehabt, oder ihm wäre das Benzin ausgegangen. Und immer wieder würde jemand anhalten und fragen, ob er helfen könne. Oder es konnte sogar erst dadurch zu einem Unfall kommen, weil jemand den Opel übersah.

„Hör zu, ich fahre jetzt erst mal weiter bis zur nächsten Abfahrt, wahrscheinlich führt sie in Richtung der Felder, oder auch in den Wald. Aber egal, dort können wir stehenbleiben, ohne, dass uns jemand stört. Und dort können wir dann in aller Ruhe miteinander reden. Ist das in Ordnung? Bist du damit einverstanden?“ Sie nickte, aber er konnte es nicht sehen, deshalb leuchtete er sie erneut mit der Taschenlampe an. „War das ein Nicken?“, fragte er.

„Ja.“

„Gut.“ Er knipste die Lampe aus und startete den Wagen.

Die nächste Abfahrt führte auf ein offenes Feld. Er bog ein, fuhr ein paar Meter weiter in die Landschaft hinein und hielt dann wieder.

„Du wolltest also noch einmal mit mir reden", vermutete er. „Gut, dann schieß los."

Es fiel ihm schwer, sich ihr gegenüber so kühl zu geben, obwohl sein Herz auf ganz andere Art versuchte, sich bemerkbar zu machen. Dennoch war er der Meinung, er müsse jetzt hart und streng sein.

„Fahr nicht zurück nach Berlin, Linus. Bitte bitte, bleib hier", wiederholte sie. „Laß mich nicht alleine."

„Mellie!" Er seufzte. „Verstehst du denn nicht, dass ich wieder nach Hause muß? Das war euch doch von Anfang an klar."

Keine Antwort, nur etwas, das klang, wie ein leises Weinen.

Nach kurzem Überlegen öffnete er die Tür, stieg aus, lief um das Auto herum, um auf ihrer Seite in den Fond einzusteigen. Er versuchte, viel Platz zwischen sich und ihr zu lassen, lehnte sich mit dem Rücken an die Tür. Er wollte sie keinesfalls berühren, das würde sie falsch verstehen. Aber dennoch wollte er ihr zeigen, dass er ein offenes Ohr für sie hatte und sie verstand.

„Gut so?", fragte er.

„Ja."

Er konnte sie nur schemenhaft erkennen.

„Mellie, du bist kein kleines Kind mehr. Du bist jetzt sechzehn und somit eine erwachsene junge Frau. Glaubst du, wir beide könnten uns wie zwei erwachsene Menschen miteinander unterhalten?

„Ja."

„Gut, dann werde ich dir jetzt noch einmal erklären, warum ich wieder zurück nach Berlin muß."

Sie bewegte sich, und er bemerkte, dass sie ein wenig näher an ihn herangerückt war. Er wußte, er mußte auf der Hut sein.

„Als ich auf die Welt kam, war ich viel übler dran, als du", begann er. „Meine Mutter ist nämlich bei meiner Geburt gestorben, und meinen Vater hab ich nie kennengelernt."

Er spürte die Wärme, die von ihrem Körper ausging, er versuchte, das zu ignorieren. Am liebsten hätte er den Arm um sie gelegt, aber auch das verwehrte er sich, aus Angst, sie könnte falsche Schlüsse daraus ziehen.

Falsche Schlüsse? Gab es das überhaupt zwischen ihnen, falsche Schlüsse? War es falsch, dass sein Herz in ganz besonderem Maße für dieses Mädchen schlug? Dass ihm plötzlich klar wurde, dass allein *sie* es gewesen war, um derentwillen er seine Abreise immer und immer wieder hinausgeschoben hatte? Weil er gewußt hatte, dass er sie vermissen würde? Mehr, viel mehr, als die anderen beiden? Die kleine Mellie, die so ganz anders war, als ihre Schwestern?

Lorie war, trotz allem, was noch auf sie zukommen würde, eine starke Frau, die bereit war, das zu tun, was getan werden mußte, und Silvie war eine schöne junge Frau, die genau wußte, was sie wollte. - Beiden blieb nicht mehr viel Zeit, das vom Leben einzufordern, was sie sich wünschten. Doch Mellie hatte mit ihren sechzehn Jahren noch alles vor sich. Sie war anders, als ihre Schwestern, - nicht nur, dass sie die einzige war, deren Zukunft er nicht kannte. Im Gegensatz zu ihnen war sie noch ein Kind, eine Träumerin, so sensibel und empfindsam, so verletzlich. Aber gerade das war es ja, was ihn von Anfang an so berührt hatte, warum er sich so zu ihr hingezogen fühlte. Er hatte es nicht gewollt, hatte sich immer dagegen gewehrt. Und doch, - er hatte nichts dagegen tun können.

Sie schlang die Arme um seinen Hals und schmiegte sich an ihn. „Linus, ich liebe dich", flüsterte sie.

„Mellie, das glaubst du jetzt nur. Eines Tages wird ein anderer kommen..."

„Nein, nein, es wird niemals einen anderen geben."

„Mellie!" Er versuchte, ihre Arme von seinem Nacken zu lösen, doch das gelang ihm nicht. „Ich hab dich vom ersten Augenblick an geliebt, als du mir das Fahrrad kaputtgeschossen hast."

Er erwartete, dass sie in Erinnerung daran nun lachen würde, - aber sie lachte nicht.

Er versucht, ihre Worte abzumildern, indem er ihnen eine gewisse Banalität verlieh. Liebe? Natürlich hatten sie einander gern, hatten sich aneinander gewöhnt während der Zeit, die er nun schon in Altenstede war. Mehr durfte es nicht sein. Niemals!

„Ich habe dich auch lieb, Mellie", sagte er. „Ich habe euch alle drei wirklich liebgewonnen..."

„Warum klopft dann dein Herz so heftig, jetzt, wo *ich* bei dir bin?"

Sie küsste seine Wange, Ihre Lippen suchten seinen Mund. Er griff erneut nach ihren Armen, versuchte, sie von seinem Nacken zu lösen, doch das war nicht so einfach, und ob er wollte oder nicht, plötzlich hielt er sie in seinen Armen. Er wollte ihren Lippen ausweichen, aber er schaffte es nicht. Er liebte sie doch auch, und das schon so lange... Da gab es nichts abzumildern, nichts anders auszulegen, nichts anders zu verstehen...

Er konnte nichts dagegen tun, er *mußte* ihre Küsse erwidern... Voller Zärtlichkeit.

„Mellie! Verdammt, Mellie, ich liebe dich doch auch, obwohl das ein Fehler ist...“

„Dann bleib doch bei uns.“

„Das ist unmöglich.“

„Warum ist das unmöglich?“

„Ich kann es nur wiederholen: Weil ich mir, trotz des schwierigen Starts, ein gutes Leben aufgebaut habe. Ich habe, solange ich denken kann, immer fleißig gelernt und gearbeitet, habe einen Beruf, den ich liebe, den ich hier aber niemals ausüben könnte. Ich habe ein Haus an dem ich sehr hänge, weil ich es mit jahrelangem Leid, mit größter Einsamkeit und tiefster Traurigkeit bezahlt habe. Inzwischen geht es mir gut, und ich habe das erreicht, was ich mir immer gewünscht, wovon ich immer geträumt habe. Das alles aufzugeben... Das kann ich nicht... Versteh‘ mich doch.“

Aber sie konnte ihn nicht verstehen, weil alles ganz anders war, als sie es sich vorstellte.

„Warum nimmst du mich dann nicht mit?“

„Das wäre noch zu früh, Mellie...“

„Später?“

Er seufzte. „Vielleicht.“

„Heißt das...? Heißt das, du kommst eines Tages zurück? Und dann holst du mich? Und nimmst mich mit zu dir?“

Er hatte Tränen in den Augen, als er nickte. Er *mußte* sie belügen, doch was machte das schon? Um sein

Versprechen zu halten, war es längst zu spät. In diesem Augenblick waren schon über zwanzig Jahre vergangen, um rechtzeitig zu seinem Wort zu stehen.

„Schwörst du es mir?", flüsterte sie, überschüttete sein Gesicht mit Küssen."

„Ich schwöre es dir", sagte er und hielt sie ganz fest. „Meine kleine Mellie."

„Dann werde ich warten, Linus, bis ich eines Tages bei dir sein kann, in Berlin."

Er streichelte sie. Ihr Körper war so zart, so zerbrechlich, genau wie ihre Seele. Er hätte sich nichts sehnlicher gewünscht, als sie immer bei sich zu haben, sein Leben lang. Und doch...

„Linus, du hast gesagt, dass du mich liebst."

„Ja."

„Warum tust du es dann nicht?"

„Ich tu's doch, ich liebe dich doch, und das ist die Wahrheit..."

„Du sagst es nur," flüsterte sie, „aber du muß es *tun*."

Er begriff, was sie meinte. Einen Augenblick lang schloss er die Augen und zögerte. Ja, sie hatte recht. Er mußte es *tun*, - sagen war nicht genug.

16.

Auf dem Weg nach Hause

Linus versuchte, den Abschied von Altenstede so kurz und schmerzlos wie nur irgend möglich zu gestalten.

Bevor er ins Auto stieg, nahm er noch einmal die malerische Vorderfront des Wagner-Hauses tief in sich auf. Der weiße Verputz zwischen dem dunklen Fachwerk strahlte in der Sonne, die Balkonkästen sahen trotz der kühlen Jahreszeit immer noch sehr hübsch aus, weil Lorie die farbenprächtigen Sommerblumen inzwischen durch frostbeständige blühende Herbst- und Winterpflanzen wie Winterfuchsien, Ginster, Scheinbeere und Winterheide ersetzt hatte.

Die Bank neben der Haustür weckte so viele Erinnerungen... Er wußte, wie sehr es sich in zwanzig Jahren verändern würde, - so wie in diesem Augenblick würde er es nie wieder sehen.

Seine Fahrgäste warteten schon auf ihn. Lorie und Silvie saßen im Fond des Wagens, Mellie hatte sich gegen Lorie durchgesetzt und hatte nach langem Hin und Her den Beifahrersitz zugesprochen bekommen. Sie war der Meinung, dass sie die einzige war, der er zustand. Linus liebte sie, auch wenn er das vor ihren Schwestern nicht zugeben konnte. Er hatte ihr versprochen, eines Tages zurückzukommen, um sie zu sich zu holen. Das war ihr gemeinsames Geheimnis, es war nicht notwendig, dass Lorie und Silvie jetzt schon davon erfuhren.

„Für alles, was mit dem Auto zusammenhängt, ist Fred in Zukunft zuständig", erinnerte Linus Lorie noch einmal, während er im Rückspiegel ihren Blick suchte. „Er ist ein netter und verlässlicher Kerl, Lorie, er meint es gut mit dir."

„Vielleicht ein bisschen zu gut", war ihre Antwort, worüber Silvie lachen mußte. „Sei froh, dass du ihn hast, jetzt, wo Linus geht. Was würdest du denn machen ohne ihn?"

„Streitet euch nicht, Mädels", fuhr Linus dazwischen. „Fred hat einen ebenso guten Eindruck auf mich gemacht, wie Rainer Moser. Bei den beiden weiß ich euch gut aufgehoben."

Während beide ein Gesicht zogen und schwiegen warf Mellie Linus heimlich einen schnellen Seitenblick zu. Voller Liebe, voller Vertrauen, - und nicht ohne einen Anflug von Triumph. Er ahnte, dass sie ihren Schwestern am liebsten erzählt hätte, was sie miteinander verband. Das machte ihn traurig. Meine arme kleine Mellie, dachte er, wie enttäuscht wird sie sein, wenn sein Versprechen, eines Tages zu ihr zurückzukehren, wie eine Seifenblase zerplatzte.

Im Gegensatz zur Zukunft ihrer Schwestern wußte er von der ihren gar nichts. Er konnte nur hoffen und wünschen, dass sie einen Mann finden würde, den sie genauso sehr lieben konnte, wie ihn und der zu dem stehen konnte, was er ihr versprach.

Linus hatte seine Abreise genau geplant: In Oldenburg, auf dem Bahnsteig, auf dem sein Zug nach Hannover bereitstand, verabschiedete er sich von den drei Schwestern. Natürlich flossen Tränen, obwohl er ihnen versichert hatte, dass sie sich irgendwann wiedersehen würden. Er wußte, dass alle drei fest daran glaubten. Er umarmte sie, darauf bedacht, keine von ihnen länger als die anderen an sich zu drücken.

Auch ihm selbst standen die Tränen in den Augen, vor allem, weil es ihm unmöglich war, Mellie noch einmal zu zeigen, wieviel sie ihm bedeutete. Er wußte, er würde lange brauchen, um sie zu vergessen, und tatsächlich hatte er schon daran gedacht, Karin vielleicht später noch einmal um den *Timeflyer* zu bitten, um sich mit ihr zu treffen. Später, irgendwann, zu einem Zeitpunkt, von dem er wußte, dass Lorie längst in Wackenstein und Silvie in Altenstede begraben waren. Doch um endgültig darüber nachzudenken, blieb ihm später noch Zeit.

Der Zug fuhr ab; er winkte aus dem Fenster, bis sie nur noch als drei farbige Punkte zurückblieben. Sein *Abenteuer Altenstede* war abgeschlossen. Er hatte viel erlebt und viel herausgefunden, und obwohl er jetzt wußte, was er hatte wissen wollte, hätte er nicht sagen können, dass er sich dadurch nun glücklicher oder zufriedener fühlte. Im Gegenteil.

Wie geplant fuhr er bis Hannover, dort suchte er sich einen abgelegenen Ort, an dem er ungesehen in seine reale Zeit überwechseln konnte, und von dort aus sollte es dann bis nach Berlin weitergehen.

Doch plötzlich hatte er eine Idee, die seinen ursprünglichen Plan zunichte machte. Es war eine ganz spontane Idee. Noch war er im Besitz des *Timeflyers*, noch konnte er ihn benutzen. Noch konnte ein weiteres Mosaiksteinchen Licht in seine Vergangenheit bringen.

Erneut löste er eine Fahrkarte nach Oldenburg und von dort aus fuhr er zurück nach Wackenstein. Er ärgerte sich, dass ihm das nicht früher eingefallen war, denn dadurch hätte er sich diesen Umweg ersparen können.

So war er schließlich wieder in Wackenstein, in seiner realen Zeit! Am Bahnhofskiosk erstand er einen kleinen einfachen Blumenstrauß und machte sich auf den Weg zum Friedhof.

Die Rosen von Lories Grab waren verschwunden, vielleicht war es Annemarie Schubert, die Hebamme gewesen, die sie entsorgt hatte, nachdem sie verblüht waren. Hinter dem Kreuz steckte eine leere Vase in der Erde, die er am Brunnen neben dem Friedhofseingang mit Wasser füllte. Sie war gerade groß genug für seinen neuen kleinen Blumengruß.

„Lorie," flüsterte er, als er vor dem Grab in die Knie ging. „Es war so schön, dich endlich kennenzulernen." Inzwischen fiel es ihm schwer, sie *Mutter* oder Mama zu nennen. „Bitte, pass auf Mellie auf, solange es dir möglich ist. Ich habe es mir so lange nicht eingestehen wollen, wie lieb ich sie habe, denn selbst du hast ja immer wieder gesagt, sie sei noch ein Kind. Ich wünschte, ich hätte viel früher begriffen, was sie mir bedeutet. Ich liebe sie sehr, aber ich konnte doch nicht bei ihr bleiben. Vielleicht kann ich aber irgendwann noch einmal zu ihr zurückkommen... Ich hoffe, dass mir das eines Tages möglich sein wird."

Er richtete sich auf. „Ich kann nicht mehr viel für dich tun, Lorie", redete er weiter, „aber da ich den *Timeflyer* noch habe, will ich versuchen, am Tag meiner Geburt bei dir zu sein. Vielleicht spürst du es, wenn ich in deiner Nähe bin, vielleicht hilft es dir…"

Er nahm sich ein Zimmer in der gleichen Pension, in der er damals übernachtet hatte, als er darauf warten mußte, dass man ihm aufgrund seiner Patientenakte mitteilen konnte, was mit Gabriele geschehen war. Auch in dieser Nacht schlief er schlecht, doch gleichzeitig wußte er, nun folgte das letzte Kapitel, und er hoffte, danach endlich Ruhe zu finden.

Trotz allem fühlte er sich am nächsten Tag stark genug, sein Vorhaben in die Tat umzusetzen. Er stellte den *Timeflyer* so ein, dass er sich am Tag seiner Geburt am späten Abend vor dem St. Georgen-Krankenhaus einfand. Es war schon dunkel. Die Grünanlage vor dem Haupteingang war hell erleuchtet, doch die Bänke waren leer um diese Uhrzeit. Und obwohl es August war, war ein kühler Wind aufgekommen. Nur hin und wieder verließ oder betrat jemand vom Pflegepersonal das Gebäude, weil eine Schicht endete oder gerade erst begann.

Linus fragte sich, wo Lorie in diesem Moment wohl sein mochte. Wurde ihr vielleicht gerade jetzt, in diesem Augenblick, Unrecht getan? Sie sei verletzt gewesen, hatte Frau Schubert gesagt, schon auf dem Weg in die Klinik hätte sie viel Blut verloren. Mit Hilfe des *Timeflyers* konnte er zwar Beobachter sein, doch da er wußte, dass ihr letztendlich nicht mehr geholfen werden konnte, wollte er auch nicht versuchen, einzugreifen. Er überlegte, ob es für sie hilfreich sein könnte, wenn er sich ihr gegenüber zu erkennen gab, - doch nein. Sie würde sich fragen, was er hier tat, sie hatte ja keine Ahnung, wie sie in Wahrheit zueinander standen. Er wollte sich zurückhalten, vielleicht würde sie trotzdem spüren, dass sie nicht allein war, dass jemand bei ihr war, dem sie viel bedeutete.

Er überlegte sich, wo Lorie möglicherweise das Krankenhaus betreten würde. Wahrscheinlich käme sie gar nicht durch den Haupteingang, dachte er sich, sondern durch die Zufahrt auf der Rückseite des Gebäudes, die auch von den Krankenwagen benutzt wurde. Es wäre auch möglich, dass sie auf dem Weg zur Klinik zusammengebrochen war und jemand einen Krankenwagen gerufen hatte. Er wünschte, er hätte Frau Schubert damals viel intensiver nach allem befragt.

Er schaute auf die Uhr, es war kurz nach zehn, zwei Stunden dauerte sein Geburtstag noch an.

Von der Eingangshalle aus nahm er den Weg zur Ambulanz. Er warf einen Blick in das Wartezimmer und wunderte sich, dass es um diese Uhrzeit noch immer so voll war. Die Luft war stickig und verbraucht, denn da wurde gehustet und geröchelt. Jemand wimmerte leise, ein Kind weinte, einem anderen hielt der Vater ein Taschentuch vor die blutende Nase…

Linus ging zurück auf den Flur und schaute sich dort um. Er lief bis ans Ende, wo eine Flügeltür in die Behandlungsräume der Ambulanz führte. Durch eine andere Tür daneben konnte man, wenn jemand hinausging oder hereinkam, die Notarztwagen auf dem Hof stehen sehen.

Irgendwo in der Nähe der Flügeltüren wurde ein Stuhl frei, und Linus setzte sich. Erst jetzt wurde ihm bewußt, wie müde und zerschlagen er war; die letzte Nacht mit viel zu wenig Schlaf machte sich bemerkbar.

Fast wäre er eingenickt, als es plötzlich laut und hektisch am Ende des Flures zuging.

Eine Stimme rief: „Dr. Schuhmann, in den OP! Ein Notfall!"

Linus erschrak und fuhr auf.

Ein Team in Weiß rollte eiligst eine Notfall-Liege von draußen herein. Ein Pfleger hielt eine Infusionsflasche hoch, ein anderer korrigierte die Venenzugänge sowie die Sauerstoffmaske auf dem bleichen Gesicht. Unter der Decke zeichnete sich der Bauch einer Hochschwangeren ab.

Linus rannte auf die Gruppe zu, aber jemand stieß ihn zur Seite. „Weg da! Machen Sie Platz!"

‚Das muß Lorie sein', dachte er, sein Herz klopfte zum Zerspringen. Nein, er wollte sich nicht wegschieben lassen, er rannte neben der Liege her. Seine Lippen formten ihren Namen. „Lorie!", - doch dann wich alle Farbe aus seinem Gesicht. - Es war nicht Lorie, - es war... Mellie...!

Er verlor den Boden unter den Füßen, ihm wurde schwarz vor Augen, und er knickte einfach ein.

„Wer ist das?", fragte einer der Ärzte, „gehört der zum Notfall?"

„Keine Ahnung", war die Antwort.

„Dann kümmere sich mal einer um ihn,"

Und schon war das Ärzte-Team mit der Liege hinter der Flügeltür verschwunden.

In den nächsten Minuten wußte Linus nicht, was geschehen war. Arme und Hände griffen nach ihm, und auch er fand sich auf einer Liege wieder, die nun durch die Flügeltür in die Ambulanz geschoben wurde.

„Welche Beschwerden hatten Sie? Warum sind Sie hier?", wurde er gefragt, während man ihm eine Blutdruckmanschette anlegte und seine Brust abhörte.

„Ich…, nein, da war…" Er brachte kein vernünftiges Wort heraus. Gleichzeitig versuchte er, sich einzureden, dass das, was er glaubte gesehen zu haben, nicht wahr sein konnte.

„Haben Sie das schon öfter gehabt, dass Sie einfach umgekippt sind?"

„Nein, ich… Ich habe auf jemanden gewartet."

„Also waren sie gar nicht selbst als Patient hier?"

„Nein."

Der Arzt nickte. „Wie lange warten Sie denn schon? Wahrscheinlich hat Ihnen die schlechte Luft hier zugesetzt."

„Ja, ich…"

„Ihr Blutdruck ist total im Keller. Ich spritze Ihnen was, dann kommen Sie wieder auf die Beine."

„Ja."

Linus hatte nur noch den Wunsch, wegzulaufen. Er wußte nicht, wohin, - einfach nur weg. Weg aus diesem Krankenhaus, wo ein paar Räume weiter seine Mellie starb. Er konnte die Tränen nicht mehr zurückhalten.

„Was ist los? Ist es wegen der Spritze?" Er hatte den Einstich kaum bemerkt. „Oder gibt es jemanden, der zurzeit hier in Behandlung ist, um den Sie sich Sorgen machen? Keine Angst, wer immer es ist, er ist bei uns in guten Händen."

Linus weinte noch immer.

„Kann ich noch irgendetwas für Sie tun?", fragte der Arzt. Linus schüttelte den Kopf. „Lassen Sie mich am besten eine Weile hier liegen", sagte er so leise, dass man ihn kaum verstand.

Der Arzt lachte. „Das muß ich so oder so tun, Sie sehen ja, was hier los ist." Er klebte ein winziges Pflaster auf die Einstichstelle. „Wenn Sie merken, dass es Ihnen wieder besser geht, können Sie gehen. Aber denken Sie daran, Ihre Krankenversicherungskarte noch vorzulegen. Spätestens morgen, in Ordnung?" Er zwinkerte ihm zu. „Anderenfalls müssen wir Ihnen den heutigen Abend in Rechnung stellen."

Der Arzt hatte ihn auf seiner Liege an die Seite geschoben und sich dann einem anderen Patienten zugewandt.

Nur ganz allmählich begriff Linus, was geschehen war, dass alles ganz anders gekommen war, als er es sich vorgestellt hatte. Mellie, die kleine Mellie! Und er war schuld daran. Er hätte sie zurückweisen müssen, er hätte akzeptieren müssen, dass sie viel zu jung war, und dass es keine Zukunft für sie beide geben konnte.

Er stand auf und verließ das Krankenhaus. Er wußte nicht, wohin. Er war blind vor Tränen, spürte den kalten Nachtwind nicht. Es war sein Geburtstag, doch es war der schlimmste Tag seines Lebens, und das würde er immer bleiben.

Auch in der Vergangenheit war in der Pension ein Zimmer für ihn frei. Nachdem er sich angezogen auf das

Bett geworfen hatte, war er kurz eingenickt, doch das brachte ihm keine Ruhe. Es war ein Dahindämmern zwischen wilden Träumen, Ängsten und Erinnerungsfetzen. Er wünschte, er wäre nie wieder aufgewacht.

Am nächsten Morgen, als er wieder einigermaßen klar denken konnte, kam die Wut. Die Wut gegen den *Timeflyer* und gegen sich selbst. Er riss sich das Armband vom Handgelenk und starrte auf das merkwürdige Zifferblatt, als wäre es ein Werk des Teufels. Er wünschte, er hätte Karins Angebot niemals angenommen, und einen verzweifelten Augenblick lang dachte er daran, dieses Teufelsding zu vernichten. Doch rechtzeitig wurde ihm bewußt, dass er es noch brauchte, weil er sich noch immer in der Vergangenheit befand. Er mußte zurück in seine Zeit, er mußte Karin berichten, was ihm der *Timeflyer* angetan hatte.

Er checkte aus, suchte sich eine Stelle im Hinterhof der Pension, um die kleine Zeitmaschine zu bedienen und tauchte in einem hübschen Garten in seiner Realität wieder auf.

„Was machen Sie hier?" fragte ihn jemand. Hastig wandte er sich um. „Entschuldigen Sie, ich hab mich verlaufen…" Ein alter Mann starrte ihn verwundert an. War das der junge Mann von der Rezeption, dem er vor wenigen Minuten das Zimmer bezahlt hatte?

„Entschuldigen Sie", wiederholte er und lief zwischen den Blumenbeeten hinaus auf die Straße.

Noch immer voll innerer Verzweiflung wählte er Karins Nummer. Doch obwohl sie seine Stimme zu erkennen schien, reagierte sie seltsam.

„Linus, bist du's?", fragte sie.

„Karin!", rief er. Sie klang, als rufe er sie aus der Nachbarschaft an. Wußte sie denn nicht mehr, wie weit fort er war? Hatte sie vergessen, auf welch heikler Mission er sich befunden hatte?

„Was ist denn los? Ist was passiert?", fragte sie.

„Ja, es ist etwas ganz Schreckliches passiert." Seine Stimme zitterte, wollte ihm nicht mehr gehorchen. Karin schien ihn nicht zu verstehen. „Ich bin jetzt auf dem Weg nach Hause." Wenn er erst zu Hause war, dann konnte er ihr alles erklären.

„Sag mir, was los ist, Linus. Was ist denn passiert?"

„Sie ist tot."

„Wer ist tot?"

„Karin! Ich hab sie so liebgehabt."

„Von wem sprichst du denn?"

„Ich bin der unglücklichste Mensch auf der Welt."

„Linus, dann warte ich, bis du hier bist. Dann kannst du mir alles erzählen. In Ordnung?"

„Ja."

Nein, sie verstand ihn nicht, er legte auf. Doch wer sonst würde ihn verstehen, wenn nicht sie?

Er wollte den *Timeflyer* zurück in sein Etui legen, als ihm auffiel, dass er falsch eingestellt gewesen war.

Oh mein Gott, einen Augenblick lang schloss er die Augen. Er hatte sich im Jahr geirrt, hatte sie zu einer Zeit angerufen, als sie von seiner Reise in die Vergangenheit noch gar nichts gewußt hatte.

Er korrigierte die Zeit, aber er brachte es nicht fertig, noch einmal Karins Nummer zu wählen. Er würde jetzt nach Hause fahren und dann konnte er ihr alles erzählen.

17.

Das Ende des Timeflyers

Sein nächstes Ziel war der Bahnhof, und dort löste er eine Fahrkarte nach Berlin. Er wollte nach Hause, nur noch nach Hause. Er wollte, dass dieser Alptraum endlich zu Ende ging.

Während der langen Zugfahrt kamen die Bilder zurück, - tausendfach: Mellie, als er sie das erste Mal gesehen hatte, als sie wütend unter dem Fahrrad hervorgekrochen kam. Mellie, wie sie lachte, wie sie weinte, wie sie sich freute, oder wie sie traurig war. Wie sie ihn zärtlich geküsst und sich mit ihrem schmalen Körper an ihn geschmiegt hatte… Und wie sie im St. Georgen schwerverletzt an ihm vorübergeschoben wurde, um zu sterben… Seine kleine Mellie.

Oh, wie er diesen *Timeflyer* hasste, wie sehr er wünschte, er hätte ihn nie benutzt. Karin hätte ihm dieses Ding niemals geben dürfen. Sogar daran, dass er beim Telefonat mit ihr die falsche Zeit eingestellt hatte, gab er *ihm* die Schuld, dem *Timeflyer*. Er riss sich das Lederband vom Handgelenk, und in einem Anflug von Zorn und Verzweiflung knallte er das kleine Gerät auf den Boden.

Es kam ihm nicht in den Sinn, dass es nicht daran schuld war, dass Mellie verblutet war und sterben mußte. Er fragte sich nicht, was passiert war oder wer ihr etwas angetan haben könnte. Für ihn trug einzig und allein diese verfluchte kleine Zeitmaschine, dieses teuflische kleine Ding die Schuld! Er wollte, er *mußte* es vernichten. Am liebsten hätte er es zertreten. Doch im letzten Moment hielt er inne, weil ein Rädchen abgebrochen war und neben seinen Fuß rollte. Er hob es auf und legte es in das Lederetui. Dann bückte er sich nach dem *Timeflyer* und stellte fest, dass auch einer der Zeitringe stark verbogen war. Er verstaute auch ihn in dem Leder-Etui und schob es in seine Jackentasche. Er gehörte Karin, und sie sollte über ihn entscheiden. Linus wußte, wieviel er ihr bedeutete, deshalb hoffte er, dass sie ihm verzieh, wenn er nun nicht mehr funktionierte. Sie hatte ihm diese kleine Zeitmaschine übergeben, weil sie ihm helfen wollte, weil sie es gut mit ihm gemeint hatte. Sie hatte nicht gewollt, dass jemand durch ihn zu Schaden kam. Und doch war etwas passiert, was erst dadurch passieren konnte, weil es dieses Ding überhaupt gab. Sie hatte recht gehabt, als sie zitierte, was Dr. Weißgerber einst gesagt hatte: Die Menschheit war für solche Experimente noch nicht bereit.

Doch diese Einsicht kam für ihn zu spät.

Karin erschrak, als sie die Tür öffnete und Linus sah. Bleich und zusammengesunken stand er vor ihr.

„Um Himmelswillen, Linus, was ist passiert?"

„Karin!"

„Jetzt komm erst mal rein." Sie hielt ihm die Tür auf. Er wankte ein wenig, als er eintrat.

„Komm, setz dich. Und dann erzähl mir, was los ist."

Er ließ sich in einen Sessel fallen. „Es ist so viel passiert, Karin, und ich vermute, du wirst nie wieder ein Wort mit mir reden, wenn du erfährst, was ich mit ihm gemacht habe.“

„Mit wem denn, Linus?“

„Mit dem *Timeflyer*.“

„Das ist doch Unsinn.“

Er schüttelte den Kopf. „Nein, das ist kein Unsinn“, und dann schleuderte er ihr entgegen: „Ich habe ihn kaputtgemacht, den *Timeflyer*. Ich wünschte, du hättest ihn mir nie gegeben. Er hat mein Leben zerstört.“

Karin zuckte bei seinen Worten zusammen. Der *Timeflyer* kaputt? Aber warum denn? Was war passiert?

„Hat er es dir nicht ermöglicht, deine Mutter zu finden und sie kennenzulernen?“

Er antwortete nicht darauf, stattdessen sagte er leise: „Er hat es möglich gemacht, dass der Mensch, den ich über alles geliebt habe, sterben mußte.“

Karin erinnerte sich an seinen seltsamen Anruf. War es vor einem Jahr gewesen? Oder war es noch länger her? Hatte er damals nicht auch von jemandem gesprochen, der tot sei? Hing das alles zusammen?

„Linus, du mußt es mir von Anfang an erzählen, damit ich es auch verstehe. Was war mit dem *Timeflyer*? Hat er nicht richtig funktioniert? Ist durch ihn jemand zu schaden gekommen?“

Er bedeckte sein Gesicht mit den Händen, sein Schluchzen tat ihr weh. Sie lief in die Küche hinüber, um einen Kaffeebecher für ihn zu holen.

„Rede mit mir, Linus“, beschwor sie ihn, als sie zurückkam und ihm Kaffee einschenkte.

Er zog das Lederetui aus seiner Jackentasche, nahm den *Timeflyer* und das abgebrochene Rädchen heraus und legte beides auf den Tisch. „Ich habe ihn zerstört, Karin, ich bin sicher, dass er nicht mehr funktioniert. Am liebsten hätte ich ihn zertreten, - ich habe es nur deinetwegen nicht getan."

„Aber warum denn, Linus? Warum?"

„Er hat mein Leben zerstört, er hat mich zum unglücklichsten Menschen der Welt gemacht…"

„Wie ist das passiert?" Auch Karin fühlte sich unglücklich, weil sie immer noch nicht wußte, was genau geschehen war.

„Er hat sie umgebracht. Wegen ihm mußte sie sterben", stammelte er. Er konnte kaum mehr reden.

„Wie, Linus, wie…?", fragte Karin noch einmal. „Ich selbst habe ihn unzählige Male benutzt, über viele Jahre. Aber niemals ist durch ihn jemand zu schaden gekommen."

„Ja, nein. - Nein, du hast ja recht, er war nicht schuld. Es war *meine* Schuld. Aber er hat es möglich gemacht, dass ich sie getroffen habe, dass ich sie so liebgewonnen habe, dass ich alle Vorsicht außer Acht gelassen habe… Ich bin schuld, und er hat mir dabei geholfen."

Es dauerte Stunden, bis Linus ihr die ganze Geschichte erzählen konnte und allmählich begriff sie, worum es ging und was geschehen war.

Es tat ihr weh, ihn so leiden zu sehen. Inzwischen fühlte auch sie sich schuldig, denn mit dem *Timeflyer* war es erst möglich geworden, dass das, was passiert war, auch passieren *konnte*. Andererseits…, was wäre gewesen, hätte er die kleine Zeitmaschine *nicht* benutzt? Dann hätte er Melanie niemals getroffen, hätte sich niemals in sie verliebt, hätte niemals mit ihr geschlafen, und… wäre vielleicht niemals auf die Welt gekommen.

War es das, was Dr. Weißgerber gemeint hatte, als er damals den *Timeflyer* zurückgezogen und gesagt hatte, die Menschheit sei noch nicht bereit für solche Experimente? Hatte er vorausgesehen, dass es zu solchen verzwickten Situationen kommen konnte? Hatte er ihn deshalb damals schon vernichten wollen?

Doch er hatte es nicht übers Herz gebracht, er hatte es ihr überlassen, über die Zukunft seines kleinen Wunderwerks zu entscheiden. Sie war dankbar gewesen für jede Minute, die sie in der Vergangenheit in der Nähe ihres Kalle hatte sein dürfen. - War es nun nicht doch vielleicht angebracht, Dinge, die noch nicht in diese Zeit gehörten, für die die Menschheit noch nicht reif genug war, zu verbannen?

Sie nahm den Timeflyer aus dem Etui, legte ihn auf ihre flache Hand und betrachtete ihn ganz genau. Das Rädchen würde fehlen, dachte sie. Und auch der verbogene Ring konnte Schwierigkeiten bereiten, aber vielleicht konnte sie doch noch etwas für ihn und mit ihm tun.

„Linus?" Sie legte ihre Hand auf seinen Arm.

„Ja?"

„Alles, was geschehen ist, hatte seine Richtigkeit. Es tut mir leid, dass du so entsetzlich leiden musstest, aber glaub mir, nur weil du sie so liebgehabt hast, bist du auf der Welt."

Er starrte sie an, er verstand sie nicht. Noch nicht. Aber eines Tages würde er die Zusammenhänge begreifen.

„Sorge dich nicht um den *Timeflyer*", fügte sie hinzu. „Schau her, der Ring für die Jahre ist noch in Ordnung. Wir werden ihn jetzt dahin schicken, wo er hingehört: In die Zukunft."

Sie drehte den Ring, so weit sie konnte, - so weit, bis es nicht mehr weiterging. Dann drückte sie auf das Hebelchen, das die Zeitreise auslöste. Und im nächsten Augenblick war er verschwunden. Nur das kleine Rädchen war noch da. Sie beschloss, es als Erinnerung aufzubewahren.

Sie hatte Tränen in den Augen, aber sie lächelte. „Alles ist gut, Linus. Alles ist gut."

Weitere von Doris Bühler erschienene Romane:

Queenie (2011)

Ramy und Chris (2013)

Irrlichter (2013)

Der Andere (2014)

Wechselspiel (2015)

Das Haus im Nirgendwo (2016)

Im Netz der Lügen (2019)

Dark Moon (2020)

Timeflyer-Trilogie:
I - Goodbye Charly
II- So long Ronnie
III- Lebwohl Mellie

Begegnung in Paris (2012)
(12 Kurzgeschichten)

Alle Bücher erhältlich bei
Amazon

Doris Bühler
DoBuehler@t-online.de